だれでも詩人になれる本

あなたも詩人

やなせたかし

かまくら春秋社

あなたも詩人

だれでも詩人になれる本

本書は、一九七七年に講談社より刊行された『詩とメルヘンの世界　もしも良い詩がかきたいなら』を再編、改訂したものです。

はじめのことば

やなせ　たかし

まず　この本をかいたひとが
どんなひとか　説明します
詩についてかくのですが
本人は詩人でありません
それでも詩集と名のつくものは
十五冊
「詩とメルヘン」
「いちごえほん」
の編集責任者として
編集したり
詩やメルヘンの選をしたり

表紙の絵　詩の挿絵
カットなどかいています
一ヵ月に約五篇の詩と
約五本のメルヘンと
約二百枚の絵をかきます
本職はCクラスの漫画家で
認める人とてありません
もちろん
詩人の仲間ではなく
誰にも師事せず
どんな詩人全集をみても
ただの一語の説明もありません
ぼくはひとつの心の表現の手段として
詩に近いかたちが
便利だと考えているだけで

だから
このまえがきも
こんなかたちでかいています
このほうが読みやすい
話しやすい
そう思っているだけで
たしかにこれは詩じゃないし
これから先も詩はかかない
それなのに
なぜこんな本をだすのかといえば
たぶん
あなたもそうだからです
ほとんど大部分のひとは
そんなにたいした詩人じゃない
ぼくとおんなじように

ごくありふれた人間で
血も涙もはなくそもある
しかし
なんだかさびしくて
この人生のギザギザの中
なにかしら
一瞬の心の安息をもとめ
たとえば詩の本を読んでみる
たとえば自分もかいてみる
しかし
なんと現代詩はむつかしくて
頭の痛むことでしょう
それゆえ
ぼくはこの本をかきます
ぼくとおんなじ人たちよ

ぼくらは詩人じゃないけれど
せめて心の奥底の
孤独あるいは激情を
なにかのかたちで話したい
せっかくこの世に生まれたから
生きるしるしをみつけたい
まあ　そういう動機から
このちいさな本をかきはじめました
ぼくが詩人でないために
むしろ第三者の立場から
ごく率直に眺められるという点が
あるいは利点かとおもわれます

目次

第2部 星屑ひろい

第3部 風の口笛

装画・挿絵　やなせ たかし
装　　幀　中村　聡

第1部

詩への細道

この道はとてもせまい
しかも見えない
ひとりがひとりの
道しか通れない
それでもあなたは
いきますか

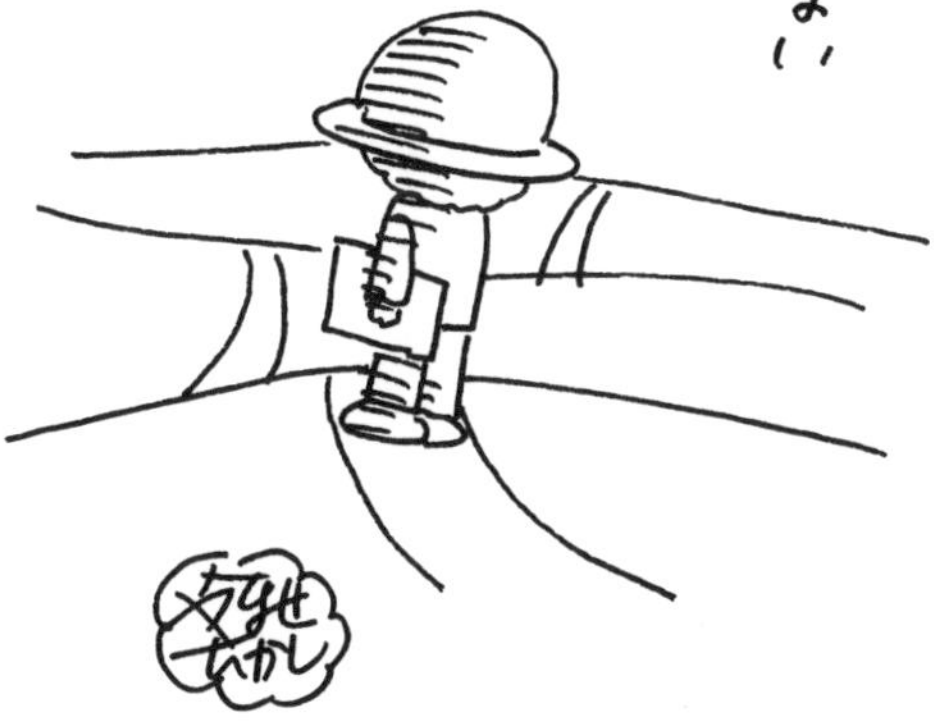

1

この本を読みはじめる前に
読者への三つの質問

この本を読みはじめる前に、まずぼくとあなたは気があうかどうか、すこし話しあってみましょう。そうしないと、もしかしたら、あなたは失望するかもしれません。

三つの質問をします。

①あなたは詩人になりたいですか?
②あなたは詩をかいてお金もちになりたいですか?
それとも世間に名前を知られたいのですか?
③あなたは良い詩をかきたいのですか?

さて、あなたの答はどうだったでしょう。

①の質問にハイと答えたひとは、とにかく次の章まで読んでください。そこから先はあなたの自由です。

②の質問にハイと答えた人は、この本は適当でありません。「あたる詩をかくにはどうすればいいか」というような本を読んでください。

③の質問にハイと答えたひとは、とにかく全部読んでみてください。

ぼくの考えている良い詩と、あなたの考えているものと、だいぶちがうかもしれませんが、ちがう意見こそさらにたいせつです。

全部の質問にイイエと答えたひとは、ぼくと似ているひとか、無関心なひと、あるいはせせら笑う反対者です。

無関心なひとはエッセーでも読むつもりでひろい読みしてください。時々あなたにも面白いところがあります。反対者は熟読、再読すること。

いずれにしても、ここまで読んだ人はついでに次の章は読んでください。一分もかかりません。それだけで眼光紙背に徹するすぐれた読者は、一見気楽な文章の底に、かならずこの本の秘められた真意を発見できるはずです。

2

世の中に詩人になるほど簡単なことはない

この本をかきはじめるのに、いちばん気にかかったのは、いったい誰がどういうふうにしてこの本を読むのかなということでした。そのためにどうしても、最初の一行がかけずに一年間を空費してしまいました。

でも、とにかく、ぼくとあなたのあいだには何かふしぎな宿命の糸のつながりがあって、そのためにあなたがこの本をひらいてくださったと仮定してかいていきます。

あなたがもし詩人になりたいとすれば、これは実に簡単なことです。おぼえることはただのひとつもありません。たとえば自動車の運転手になりたいとすれば、免許証がいります。学校の先生でも、またコックさんでも、マッサージをやるにしても、お医者さんでも、試験にパスして資格をとらなければなりません。

画家ならせめて絵具ぐらいはぬれなければならないし、歌手ならまあ何とか音楽にあわせて歌えなくてはいけないので、素人のど自慢で、伴奏のはじまりのところがわからないひとは、やはり歌手とはいえません。

詩人は誰でもいい。

なんにもできなくていい。

資格も免許証もいっさいありません。

あなたが「私は詩人」といえば、それで詩人です。詩人になりたいという人は、今すぐ名刺に詩人と印刷してしまえば、それで肩書は詩人になります。

詩が上手か下手か、

かけるかかけないか、

そんなこととは無関係に、

とにかく、それであなたは詩人なのです。

つまり詩人とは決して職業や肩書ではないということです。

それでもなお、詩をかきたいというひとは次の章を読んでください。

3

どんな詩がいい詩なのか？
詩人とは何か？――終りに八木重吉

世の中には、たしかに詩人という肩書を名刺に印刷している人もいます。それはそれで結構ですが、どうもぼくの好みとしては、自分で詩人というのはおかしいような気がします。

「あのひとは詩人だ」

というのは第三者がいうことで、本人がいうと妙なぐあいなのです。詩人連盟会長などという肩書も、どうも何だか決まりがわるい感じです。

詩人はもともと野《の》のひとであって、年功序列などというものとは無関係ではありませんか。もし、そんなものにこだわるなら、そのひとはすでにぼくのいう詩人とはちがうひとです。

大詩人となり、みんなに尊敬され、門弟数千人、豪邸に住んで、高価な葉巻などふかしながら、人生の孤独や絶望についてうたうとすれば、それだけですでにインチキくさくおもえるのです。

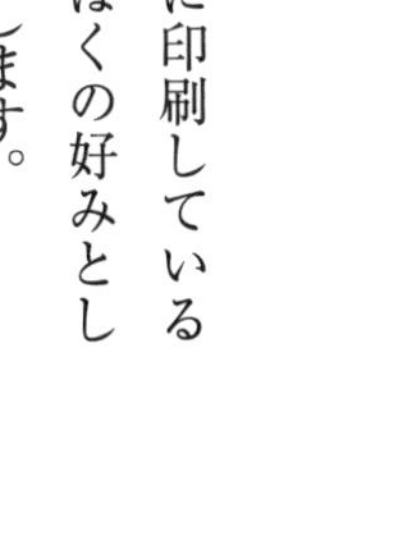

かつて、そのひとが若いころ詩人であったにしても、老後はすでに堕落している。もはや詩人ではない。エラクナッチャ　イケナイ！　とぼくはおもいますね。

だから、詩人なんてあんまりならないほうがいいので、お医者さんとか学校の先生とか、パン屋さんとか、そういうほうがいいのです。そして、仕事に疲れて、その時何かが頭脳のひだひだの中に浮かんできたなら、それをノートにかきとめればいいので、もしかしたら、それを第三者が読んで「これはいい詩ですね」というものがかけているのかもしれない。

ぼくはそういうふうにおもいます。

やむなく職業詩人になったとしても、やはり心の奥底のほうは純粋のままに残しておく必要があるので、それは現代を生きていくにはむしろ弱点とおもえるような繊細《せんさい》な精神のおののきですから、困ったものです。

それでもなお詩人になりたいなら、

もう少しつづきを読んでください。

いったい、いい詩とは何か！

どれがいい詩なのか！

まず、この質問を解決しなければ先へすすめません。

答は非常に簡単です。

「あなたがいい詩とおもうものがいい詩です」

読んでいて、背筋のある部分がふるえだすような感覚におそわれるもの、またぜひこの詩はノートにかきうつしておきたいというふうにおもうもの、またあんまりくりかえして読むためにすっかりその詩をおぼえてしまうようなもの、それがいい詩です。

どうも、よくわからないけれど、先生にいろいろ説明してもらって、「なるほど、だからいい詩なのね」とおもったり、大詩人がその詩のできた時のことをくわしく説明し、それを聞いて「そういう深い意味があったのか、なんという深遠な詩でしょう」とはじめて納得するようなものは、あんまりいい詩ではありません。

もし、それがいい詩なら、詩はいつも説明と註解つきで読まなくてはいけなくなり、よく考えてみれば、註解のほうが面白かったので、詩は駄目だったのですよ。

野球の試合を解説つきで観戦して、試合そのものより解説のほうが面白いというのは、逆ではありませんか。

自分が読んで、いい詩とおもえば、誰がなんといおうとそれを押し通したほうがいいので、世間の評価などは問題ではありません。これは専門的詩人でもおなじことで、新聞の歌壇の選をみていても、四人の選者がおなじ歌をえらぶことがめったにない、たまにしか一致しない、実にバラバラであることからもわかります。

数学の試験でさえも、採点者によって、同一の解答に最高は86点、最低は65点という差がでたそうですから、まして詩においては、個人差がでるのが当然で、実に主観的な世界でしかないということがはっきりわかるとおもいます。

だから、一万人のひとがいるとすれば、一万人をおなじように感動させるのは不可能です。はじめから、あっさりあきらめたほうがいい。実にたよりなく不安定な芸術です。

それでもなお詩人になりたいなら、次の章へすすんでください。

しかし、ちょっとぼくも饒舌に疲れたし、あなたも疲れたでしょう。この章から、各章のおしまいに、ぼくの好きな詩を主観的に選んで、いっしょに読みます。

まあ休憩演奏のようなものです。

晩　飯　　八木 重吉

からだも悪いし

どうやっても正しい人間になれない
御飯をたべながら
このことをおもってうつむいてしまった

4

ではいったいどういうふうにして詩をかくのか?――終りに三好達治

ひゃあ、いきなりむずかしいところへはいってきました。

もし、本当にどういうふうにして詩をかけばいいのかということがわかる本があれば、まず、まっさきにぼくが読みたいですよ。

本読んでわかるはずがない。

もし、そんな本があったとすれば、百万部売れれば百万人詩人ができるわけで、日本中詩人だらけになって、政府も市民も閉口して、詩人制限令が実施されるでしょう。

だから、そんなことはとても無理ですが、ぼくが毎日、下は三歳児から上は九十歳ぐらいまでの人のかいた詩を読んだ経験からいうと、幼児の詩はほとんど傑作に近いものが多く、二十歳ごろから平凡ということになります。

なぜ、そうなるのかといえば、五歳や六歳の子供はまだ、詩が何なのかよくわかっていなくて、おぼえたての少ない言葉を使って一生けんめいかいています。まだ自分の使える言葉が非常に少なく、意味もよくわかっていません。

そのために詩の言葉が簡潔になり、時として本人が意識しないのに、感動の中心に命中することがおこります。

ところが、だんだん年齢が高くなって知恵がついてくると、いろんな詩を読むようになるし、おそろしいことに試験問題に詩が出題されたりするので、詩を分解して考え、満点の答案をかこうと努力するようになります。

これでは詩がかけなくなるのは当然で、「良い詩」というひとつのパターンに自分の詩をはめこもうとするから、まったくの模範答案みたいになってしまうことこそ哀れです。

しかしながら、それではそういう教育のやり方はまちがっているのかというと、そうではないので、純粋に国語教育という立場から考えれば、なにも芸術性を問題にすることはないわけです。でも、やはり詩は試験問題にだしちゃいけない。国語の授業のあいまにほっとひといきいれて、先生が自分の好きな詩を読んできかせるというふうなのが、理想的ではありませんか。

さて、詩をどういうふうにしてかくかということですが、多くの投稿詩を毎日毎日よんでいる経験からいうと、ふたつの罪があります。

①自分だけ感動する罪

②他人に媚《こ》びる罪

①の罪は非常によくある例で、たとえば恋愛詩をかくとすれば、

あのひとと並木道を歩いた

あのひとの手が私にさわった

とてもうれしかった

というふうになって、平々凡々として読む人すべてアクビをこらえていますが、本人だけはうっとりとして夢見ごこちになり、

「詩は自分の感じたことを率直にかけばいいんでしょう。私、感じたとおりにかきました」

というふうにおっしゃるので、たいへん返事に困りますが、なぜそうなるのかというと、自分ではそのときの並木道の風景、ゆれていた葉ずれの音、そしてまた月光、そしてまた二人の間にかよいあった感情のさざ波のようなものまで、ありありとおもいだされるので、うっとりとなり、自作に酔いしれることができますが、まったく無関係な第三者にはなんのことかさっぱりわからず、しかも、ごく平凡な言葉が並んでいて、それはAでもBでもCでも何にでもあてはまり、ちっ

とも面白くないのです。

どこかしらユニークでなければならない。

他人がまだうたったことのないところを、ごくさりげなく自分の言葉で話さねばならない、ということになります。

ぼくのいっているのは、自分が日記帳にかいておきたいというただそれだけなら、何も文句をいう必要はないのですが、もしも第三者にみせたいと考えるなら、いくらかわかりやすく、また読む人を面白がらせ、酔わせるというふうに考えてあげるのが親切というものではありませんか。

その場合には、どこかへ視点をおもいきりしぼってしまうのもひとつの手段です。

たとえば、その時、ほころびていた彼のセーターの袖口とか、「そのセーターは特別大安売りのときに、格闘しながら買って彼にプレゼントしたものだった」というふうにかいていけば、そこに別の視点が生まれてくるわけです。
②の他人に媚びる罪は、①とはまったく逆になるわけで、この傾向の人は、うけることばかり考えて、流行の詩のスタイルを使ってみたり、ひどい人は選者の好みを調べてそれにあわせたり、あるいは選者の詩風をまねしてみたりしますが、なるほど、詩はたしかに人をよろこばせるところがありますから、気をつかうのはいいのですが、自分の感動のほうはお留守になってしまい、

表面的なパターンのみが目立って、シラケてしまいます。

作者の精神もだんだんとふやけてきて、全体に下品な感じとなり、堕落していきます。

ちょうど①と②の中間ぐらい、そしてまたまったく無心の状態でかいたほうがいいということになりますが、それでは無心とはいったい何かということになると、これは大昔から大哲学者がことごとくおもい悩んでなおわからなかった問題ですが、ぼくはぼくなりに、次の章は無心ということについてかきます。

それでは、この章の最後の詩。

かへる日もなき

三好 達治

かへる日もなきいにしへを
こはつゆ艸《くさ》の花のいろ
はるかなるものみな青し
海の青はた空の青

5

心がなければ詩がかけないが しかし心がないほうがいいという話
——終りに中原中也

まったくわかりにくい題なので、読者はこのへんでやめようかと思うひとが多いとおもいますが、いやいや、はやまってはいけません。これからが実に面白いところなので、かいている本人のほうがすでにワクワクしております。

ぼくらはどういうふうにして詩をかくのか、絵をかくのか、メルヘンをかくのかといえば、まず何をかこうかと心の中で考える。

それからかきはじめるわけですが、いったい何をかいたらいいのか、さっぱりわかりません。霧の中をさ迷っているみたいだったり、あるいはまったくこんがらかった毛糸の玉を手にして、途方にくれているような感じですが、それでもしばらくおもい悩んでいると、霧の中にぼんやりと光がさしてきて、ちいさな道がみえてきたりする。またどうしようもなかった毛糸の玉も、いくらか糸口のようなものをつかみかける。

そして、仕事がはじまるのですが、そのうちにすっかりその中にのめりこんでしまい、周囲の物音も気にならず、何かしらものに憑《つ》かれたような状態になってかきすすめていくようになります。

これがつまり一種の無心の状態であって、これなくして作品を完成することはできません。

作家の芥川龍之介が、執筆している机から、ひょいと顔をあげたのを偶然見た岡本かの子は、その時、作家の端正な顔がよれよれになっているのを見ておどろいたそうですが、いってみれば一種の地獄、あるいは天外に魂をとばして創作していくのです。

もちろん、詩もその例外ではなく、ある女流詩人は、

「私のお化けちゃんが詩をかくの」

といっておりますが、自分以外の何かの力を借りなければ駄目なのです。

何かしら超人的な力、それが作用したとき佳作が生まれます。

さてさて、ここで問題になるのは、ではそれはどういうことかということですが、作品をつくるのに一番たいせつなのは心だし、その心はむしろ透明にしておく必要があるし、それがつまり心があってないとおなじになる、無心の状態、あるいは精神の集中ということになります。

傑作というものは一種の奇跡です。奇跡をおこなうのは、やはり並たいていのことではありません。

ところが、これが幼児だと、ごくかんたんに無心の状態にはいれます。傑作をかいて芸術院会員に推挙されたいなどと三歳児はおもいませんから、かえって芸術院会員よりも芸術的になったりします。

だから、子供の詩はたいてい傑作です。なんらかの意味において胸をうつところがあります。

そのために、大人は幼児に学ぶ必要があるわけで、幼い子供とか動物はみんなぼくらの先生です。

もしも、なんにもかけなくなったら、動物園へいくか、ちいさな子供たちをぼんやりと眺めなさい。なにかをかならず教えてくれます。

心がなければかけないが、
心を意識してはかけません。
しょせんこの世にはなんにもない。
心をゼロにすることで、
なにかを感じることができます。

昔から、滝にうたれて修行する人なんかいますね。滝が健康にいいわけじゃない。水の冷たさ、そして痛さ、必死にこらえているうちに、雑念が去って精神が集中してくる。透明になった心に何かがきこえてくる。

それがまさに天の声ですが、

詩もまたおなじといえます。

しかし、ひとつ詩をかくごとに滝にうたれにいくというようなことは、常人にはできないので、まあ、もう少し楽な方法で精神集中するわけですが、困ったことに精神が完全に集中すると眠くなるのです。

寝床をしいて、その中にはいって半分眠りながら、ウツラウツラの半睡眠状態で詩をつくるのは、わりあいとおすすめしたい方法ですが、どういうわけか居ねむりしながらかいた詩は、眠っているときはとてもいい詩だと思えても、完全に眼がさめて読みかえしてみると、愚にもつかない駄作であることが多いのですが、なぜでしょうね。

そこでこの次の章は、いよいよ体験的詩作論にはいっていくのですが、例によってこの章最後の詩。

即　興

中原 中也

……真実いふと私は詩句など要《い》らぬのです
また書くこともないのです
不思議に海は躊躇《たゆた》ふて
　新月は空にゐます

日日は静かに流れ去り　静かすぎます
後悔も憧憬もいまは私におかまひなしに
奇妙に明《あか》るい野のへんに
　独り歩きをしてゐるのです

6

ぼくはどういうふうにして詩をかくのか、というようなこと
――そして、つくだ煮の小魚

　第五章までかいてきて、ぼくはちょっと気恥ずかしい感じになりました。

　やっぱり月並の「詩のつくり方」みたいな本とちょっと似てきました。ぼくがまるで先生のようにみえる。そして、ちゃんとした詩人のようにみえる。

　これではいけないので、もう一度、詩人でないぼくにかえって、そのぼくがなぜ詩らしいものをかくようになったかということをちょっとお話しします。

　子供の時から作文をかくと、なぜか自然にリズムがついてしまい、歌みたいになるので閉口するのですが、ぼくの家の本棚には親父の本がぎっしりとつまっていて、小学二、三年の頃から、手当たりしだいにこの本を読んでいました。

石川啄木とか、島崎藤村とか、三木露風、室生犀星《むろうさいせい》、土井晩翠《どいばんすい》といったふうな詩集もたくさんあって、まったくわけがわからないのに、なんとなくこれらの本も読んでいました。

現在ぼくが痛感するのは、ちいさかったぼくは、その詩の意味をきかれても、なにひとつわかりはしなかったけれど、いい詩は読むだけで何となく気持ちがよかったということです。

当時、ぼくらは学校で、「ハコネノヤマハテンカノケン　カンコクカンモ　モノナラズ　バンジョーノヤマー　センジンノタニ　マエニソビエ　シリエニササウ」という歌をならったことがあり、箱根山で剣がお尻にささるとは何という危険なことかとおもったりしましたが、それでもその歌は気持ちがよかった。

現代でも、若者が外国語の歌に夢中になっていて、よほど語学が達者なのかとおもって聞いてみれば、なんのことやら、さっぱりわけはわからないが、でも聴いていると心がうっとりとする、と答えたので、これは自分の子供のときと、さして変わりがないと安心した次第ですが、言葉というものは奇妙なもので、よい言葉ならよい感じで伝わるのです。

だから、ぼくは子供に対して幼児語をつかったりしない、ちゃんとした日本語で話します。それで通じますよ（当然ですが）。

それはとにかくとして、ぼくも影響されるというか、詩のようなものもかいてみたりすることもありました。

当時、『少年倶楽部』という子供雑誌を愛読していましたが、この中に西條八十《やそ》の少年詩がのっていまして、とても好きでした。

詩というのは読むとうれしくなるもんだなと思ったのですが、新聞や雑誌で詩を募集しているのを見て、何度か応募したことがあります。そのときは中学生になっていましたが、ぼくはいつも最高が選外佳作で、没ばかりでした。選者の先生の激賞する入選作を読んでびっくりしたことに、まったく意味がわからないし、少しも気持ちがよくならない。それはまったくぼくの知らない世界でした。

そのとき、一席、二席にはいったものが、いずれも、散文調でべったりと長たらしくかかれていて、選者の選評を読んでも、ぼくは茫然として「これはいったい何のことか」とおもいました。

それから後も、いつも入選作とぼくのかくものの間には、おそろしくちがうところがあって、ぼくはきっぱりと詩をかいたり、投稿したりするのをやめました。べつに同人誌をやるわけでもなく、友だちと詩論をするわけでもなく、親父の青春時代の本をひろい読みして育ったぼくは、どうもひと時代ズレてしまっていたようです。

詩のことをすっかり忘れていたぼくが、なぜまたかくようになったのかというと、十九歳のときはじめて井伏鱒二の『厄除《やくよ》け詩集』を読み、胸の中を吹きぬけるものがありました。

「もしも、こういうふうにかいていいなら、ぼくにもかけそうだ」

水上勉《みずかみつとむ》は、松本清張の社会派推理小説を読み、「こういうものなら自分にもかけそうだ」とおもって推理小説をかいたのがはじまりといいますが、詩に関しては、ぼくは井伏鱒二を読んではじめて、「こんなわかりやすい感じのものも許されるなら、ぼくもかこう」と、考えたのです。

だから、この本を読むひとも、

「なんだ、このひとぐらいなら、ぼくの考えていることのほうが上だ。これで詩集だしたりするのは図々しい」

そうおもってくだされればありがたい。そういうことも詩をかくひとつの動機になります。

こうしてぼくは、ひまひまに、詩ではない詩をかきはじめたのです。それではこの章の最後は大好きな井伏さんの詩を読んでみましょう。

つくだ煮の小魚

井伏　鱒二

ある日雨の晴れまに

竹の皮に包んだつくだ煮が
水たまりにこぼれ落ちた
つくだ煮の小魚達は
その一ぴき一ぴきを見てみれば
目を大きく見開いて
環になつて互にからみあつてゐる
鰭《せびれ》も尻尾も折れてゐない
顎の呼吸《いき》するところには色つやさへある
そして水たまりの水底に放たれたが
あめ色の小魚達は
互に生きて返らなんだ

7 あなたは悲惨な運命と薄幸と不遇を望みますか？――そして、石川啄木や中原中也になりたいか？

あなたが詩人になりたいとして、またいい詩をかきたいとして、ぼくにはひとつの質問があります。

「それでは君は、貧乏しても、また餓死しても、後悔ナシですか！」

というのは、多くの優れた詩人の生涯は、むしろ薄幸といえるものが多いということです。良家に生まれ、生涯何も苦しむことがなく、良い家庭に恵まれて、なにごともなく、一生が終ったという詩人はあんまり聞いたことがない。

それならば、あなたが石川啄木のようにうたいたい、あるいは中原中也のような詩人になりたいというのは、その詩だけを愛するのか、それとも全生涯を愛するのか。

そして、真に芸術の核心に肉薄できるなら、その身は塵埃《じんあい》の中に窮死しても幸福と考えるのかということです。

もし、そうなら、せっかくここまで読んでいただきましたが、このへんでお別れです。どうか真の芸術家を求めて流浪の旅におでかけください。もはや二度と逢うことはありません。なぜなら、ぼくは軽侮すべき根性だからです。

ぼくはあんまり貧乏だったり、あんまり不幸になったり、あんまり精神病になったりしたくない。大傑作をかくよりも、普通ぐらいでいい。三食あんまり苦しまずに食べ、たまにはよい本を買い、音楽を聴いて笑いあったりもしたいと望むからです。

石川啄木の思い出について、金田一京助氏の奥さんはこう語っています。

「私たちのくらしは楽ではなかったのに、石川さんは時々やってきては一円、二円ともっていく。私は石川さんがやってくると疫病神《やくびょうがみ》がやってきたようにおもいました」

現在、この薄命の天才詩人と金田一京助氏の美しい友情は讃美されている。しかし、金田一京助夫人は必ずしも心から讃美していません。あなたはしょっちゅう、友人にお金を借りにいく人になりたいですか？

誰の詩が好きですか？　というアンケートをとると、かならず上位にくる中原中也。

ぼくも中原中也は大好きで、愛着ふかい作品もありますが、では、中原中也みたいに生きたいかというと、それはかんべんしてくださいということになります。

二十九歳の中原中也は「八歳の子供以下」の状態で千葉の精神病院に入院、退院して九ヵ月後に急性脳膜炎で死んでいる。

ぼくはそういうふうに人生を終りたくない。

他にも夭折《ようせつ》した詩人はおどろくほど多い。生きながらえた作家が凡才で、早死にした人が天才というわけではないが、若くして死んだ詩人の作品には、ういういしくまたひとつの哀しみがあり、胸をうちます。そして、詩、または芸術は決して安楽と平安な生活の中にないことは、太宰《だざい》治《おさむ》の有名な言葉――「家庭の幸福は諸悪のもと」という一言の中にも表現されています。

それでもなお、あなたが詩人になりたいなら、よい詩をかきたいなら、ぼくは決してとめません。

精神の激動、悲痛と愛憎、またその中に点々とちりばめられる愛とよろこび、幸福、それらが圧力をうけて結晶する宝石のように一篇の詩となるなら、どうして平安な暮しの中で、ただ宝石のみを求めようとすることができようか。海の底深く、決死のおもいで潜水しなければ、一粒の真珠を得ることはできないのです。

そして、ぼくには、どうしてもそんなことはできないから、ぼくはそんなふうの大芸術でなく、小芸術、あるいは抒情的マイナー・ポエット（二流詩人）を望むのです。

あなたはどうですか?

あなたは大詩人を望むか?

それともマイナーでがまんするか?

いやいやマイナーとてなかなか大変です。

それでは大詩人とはさよなら。

マイナー志望の方といっしょにこの次の章、ぼくの好きな無名詩人の章へとすすみますが、この章最後の詩は、石川啄木の短歌。

夜寝ても

石川 啄木

夜寝ても口ぶえ吹きぬ
口ぶえは
十五のわれの歌にしありけり

ゆゑもなく海が見たくて

海に来ぬ
こころ傷《いた》みてたへがたき日に
さいはての駅に下りたち
雪あかり
さびしき町にあゆみ入りにき

8

詩は名前でかくものではないこと
それならば、たとえば三歳の幼児でも詩はかけること

詩の同人雑誌などを見ますと、先生を中心にして、筆頭の門人が巻頭のほうに大きい活字でのっていまして、はじめて投稿したひとは、おしまいのページのほうにちいさく三段組みになっていて、よく読んでみると、時として三段組みのほうにキラリと光るものがあったりします。

同人雑誌でない場合でも、高名のひとが良いページでいばりかえっております。しかし、詩にはもともと、こういう差別は許されないので、他の芸術とちがって、六十歳のひとでも三歳の幼児の詩に負けたりすることがおこり得ます。十年、一生けんめい努力したから進歩するかといえば、血涙をしぼって努力しても、はじめて詩をかいた小学生のほうがまさる場合もあります。

小学校でよく詩の好きな先生が、子供たちを指導して詩集をつくり、非常によい成果をあげていることがありますが、さて、その先生が詩をかいてみるとまったく拙劣ということもよくあります。

こんな面白い芸術はめったにないので、これがつまり誰でも詩はかけるということになるので、どんなに流行作家になったり、有名になったり、詩人協会会長になったりしても、いい詩がかける保証というものはなにひとつない。危険きわまりない仕事ですが、この一瞬も油断できず、年功序列なしというのが詩の最大の魅力で、むしろそれこそが人間の到達する理想的社会であるのに、その中にさえもひとつの階級をこしらえ、セクトをつくり、さらには鑑賞者まで作家の名前をみて、それが誰某大先生の作品であるから傑作と、頭から信じてありがたがるのはまったくのまちがいとしかいいようがありません。

ぼくが『詩とメルヘン』という月刊誌を創刊したことにはいくつかの意味がありますが、その中で、ひとつは無名の人（年齢・経歴不問）の作品を自分ひとりの偏見と独断で大胆にとりあげていきたい、序列を無視したい、抒情的作品を中心にしたいという基本的な考えがあったのです。

なぜ抒情を愛するかということについては、さらに一章を設けて説明する必要がありますが、とにかくぼくは、自分のまわりの学級誌や、同人誌、パンフレット類から詩をひろいあつめはじめました。

　これが後にぼくのエッセー「星屑ひろい」のテーマとなり、また、『詩とメルヘン』誌全体のひとつの性格となっていくのですが、それはとにかくとして、ひろいあつめた星屑の幾篇かを、ここに再録しておみせしたいとおもいます。

9

きらめく一群の星屑の中から ぼくの好きな無名の詩人たち

卒業

小林 治子

僕がいちばんセンチメンタリストだった
映画館で泣いたりする
女学生よりもセンチメンタリストだった
僕のための想い出など
　　　　ひとつとしてないのに

風が強く吹くこの日
僕は一人グランドを歩く

ひとまわりしてから帰ろう
ふみこが帰っていった駅への道を

いつもここを通りすぎる子犬のように
みんなタバコ屋の前を帰っていった
ふみこの足跡を探していると
雪がふってきた
駅がみえる
人のいないプラットホームが
すでに電車はでたのか
雪をふくんでなお風は強く
成人映画のポスターが街角に鳴る

「本日限り」
今日こそ行こうと決めていた

卒業の日
足跡をすでに雪が消しはじめて

唄

野原　ゆうこ

いくつもの街を僕は通りすぎた
通りすぎたどの街にも
青いりんどうが咲いていた
りんどうの花が揺れる毎に
僕はおびえた

風が
僕の胸をがらんどうにしはしないかと
麦笛のように高く

吹き鳴らしはしないかと

家々の屋根に
途切れ途切れの空は
みどり色に光ってた
磨きおえた土耳古《トルコ》石のように

風が
僕の肩を
花嫁の軽やかなチュールで
おおってさえも
僕は疲れはてた
どんなやさしさにも耐えきれぬほどに

目ざまし時計

九生 えん

入社いわいに　社長にもらった
目ざまし時計
チクタクチクタク音たてて
やさしすぎる目ざまし時計
やさしすぎるベルだから
私はいつもちこくです
そして社長におこられる

おつきあい

相馬 梅子

生きているときゃ気にかけず
いつでもあえる気やすさに

話もしみじみしなかった
けむりとなって消え去られ
話したくとも通じない
想うこころの重たさに
歯ぎしりしているこのつらさ

死なれて後悔するよりは
生きてるうちにしんじつを
みせればよかったくちおしさ

生あるものがほろぶなら
すべての人にやさしくし
この世に生まれたあかしたて
やがてはけむりと消えてゆこ

平和

柴田 生子

そこに平和がありました
そこは……そこは
アルプスの頂上

木が一本
ノソーと立っていました
その木にみの虫が
ゆれながらぶらさがっていました
その下に牛のように
大きな犬がねていました

その犬はサムといいました
サムとみの虫は
おたがいに
顔もみないのに
相手が好きでした
つまりテレパシーですね
おなじ夕日にてらされて
サムとみの虫は幸福でした

そこに
平和がありました

かくれんぼ

大西 洋

もうやめようよかくれんぼ
おまえをみつけるのに疲れてしまった
おもしろ半分のかくれんぼが
今のぼくにはたまらない
もうでておいでよ日がくれる
もうやめようよかくれんぼ
ふたりっきりのかくれんぼ

ひざっこぞう

大塚 典江

あたしは小さくまるくなって
ひざっこぞうをなめてみる
ひざっこぞうは塩っからい

ひざっこぞうは汗のにおい
お前をだいて
またいろんなことを　話してみたい
逃げていったカナリアのこと
なくなった絵本のこと
そして……わたしのこと
子供のころのわたし
いつかは大人になっちゃう
　　　　わたしのことを

ひざっこぞうは
いつもつめたい
ひざっこぞうは
一番近い他人ね
ひざっこぞうは

塩っからい

ぼくはうそつき

九生 えん

ぼくは悪い子です
ぼくはうそつきなんです
お母さんが作ってくれた
おいしくないカレーを
「おいしい　おいしい」
と言って食べました
お父さんがヒコーキのプラモデルを
おみやげに買ってきてくれた時
ぼくはヒコーキがキライなのに
「わあ　ぼくこれほしかったんだ

ありがとう」と言いました
学校でも可愛くないよっちゃんに
「よっちゃんて　可愛いね」
と言いました
こんな風にぼくは
いつもうそをついています
それなのにぼくは
おこられたことがありません
みんな笑顔でよろこんでくれます
ぼくは笑顔が大好きです

待っているうた

山下　たづ子

たくさん人と会いまして

たくさん別れもしたんです
さよならした手をおろすたび
もうたくさんと思います
たくさんためいきつきまして
たくさん愚痴も言いました
窓にひぐれがくるたびに
もうたくさんと思います
たくさん忘れもしましたが
たくさん思い出しもした
後ろで風が吹くたびに
もうたくさんと思います

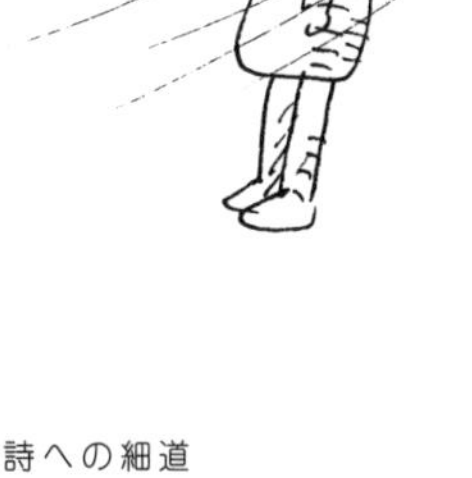

遠い日のメモ

東　君平

港で船を描いていた日
はじめて彼と知り合った
風に吹かれて
わた菓子食べた
カモメのことでけんかした
古いノートの片隅に
青いインクで書いてある

港のベンチで話した日
私はブーツをはいていた
小さな雪が
降っていた
愛についてでけんかした

古いノートの片隅に
赤いインクで書いてある

かなしみ

増田 稔

あひるが
空を見ている
子供の頃には
飛べると思っていたのに
ちがいない

陽だまりの石段に

たじり きよこ

陽だまりの石段に
こしかけて
まってます
不安と期待の
まじり合った毛糸で
セーター編みながら
……まってます

……だけど
石段の陽ざしは
あんまりあったかすぎるから
ちょっぴり急いでください
時がいねむりをしないうちに

セーターがあんまり
胴長にならないうちに……

黄色と水色

きの ゆり

黄色と水色を混ぜると
みどり色ができます

黄色は　あなたのセーター
水色は　わたしのブラウス

しっかりと　抱きあったなら
わたしたち
若葉のゆれる　一本の樹に

なれるでしょうか

風のかたち

きの ゆり

少女の髪が揺れている
風のかたちに揺れている

だから
風が
よく見える

約束に遅れて

シナモン ベイカー

駆け寄るぼくを見つけた君は
魔法の茶色い帽子の中に
すべてを隠して黙ってしまう
堅く閉じた唇の上に
鼻の頭が見える
ぼくに抗議している
ああ尊大だ
なんて高慢で
かわいい鼻だ
近づいていくと
うつむいてしまう
隠された君の目に見えるように
足をのばして合図を送る

ゴメン　ボーシカラデテオイデヨ
でも君は
ますます帽子を目深かにかぶり
そっぽを向く
でもぼくには分かっている
もうじき君は
許してくれる
とがった鼻が震えているもの
やがて鼻先から崩れ
くちもとまで笑顔が広がり
広がった笑顔は
魔法の帽子とはいえ
隠しきれるはずないもの

浅い春に

西尾　君子

つまずいた風を
抱きとめる　かたちで
こぶしの　花が咲いた
苦笑して　通りすぎた風を
見送る　かたちで
こぶしの　花が咲いた

高い梢に　風のかたちで
こぶしの花が　ひかっている
浅い　はる

ハッピーエンド　それともアンハッピー?

西尾　君子

物語の活字が
動く　小さな虫になって
這っていく

あわてて拾い上げようと
卓子の下に　かがんだけれど
す早く　床に消えていった

開きかけの頁の　白い顔
物語は　未完のまま
もう　私にはかえってこない

10 一群の詩のあとのちょっとした蛇足とぼくが抒情詩を好む理由

前章の一群の詩は、シナモンベイカー氏のものをのぞいて、いずれも月刊誌『詩とメルヘン』から転載したものばかりです。

東君平《ひがしくんぺい》さんの詩をこの中にいれておくのは、東さんに少し失礼とおもいますが、くんぺいさんも本職の詩人ではなく、ぼくとおなじ種類の人物とおもいますので、あえてここにいれました。理由はこの詩が非常に好きだからです。

他は投稿詩か、またはガリ版刷りの同人詩誌からぼくがえらんできたものです。

野原ゆうこさんの詩は、ぼくのところへきた葉書にかいてあったもので、繊細な感覚にうたれてノートのあいだにはさんでおいたのを発表しました。

九生えん君も独自の詩風の持主ですが、だんだんかけなくなっていったようです。

シナモンベイカーは、もちろん日本人で、まだうら若いユニークな感覚の大学生です。きのゆりさん、西尾君子さんはそれぞれ第一回、第二回の「詩とメルヘン賞」の受賞者ですので、その意味でここに転載しました。きのさんは二十歳代前半のお嬢さん、西尾さんは大学生の御子息をおもちの家庭の主婦です。投稿者の中には七十歳を越す人もいますが、詩だけを読むと十歳ぐらいの感じです。

ふしぎがる人もいますが、それが詩の特権ともいえます。心さえ若々しければ、この世界では十歳にも八歳にも三歳にもなれます。それでなくて、どうして時には花になり、風になり、雲になり、時には宇宙そのものの心でうたうことができるでしょうか。肉体は単に仮の姿であって、精神そのものが重大です。

さて、ここで、なぜ、ぼくが抒情詩を好むかという理由をほんの少しだけかきます。

北杜夫氏はエッセーの中で「ぼくは本質的には抒情詩人だ」と、はにかみがちにかいていますが、たいていの人が抒情を口にするとき伏し目がちになります。

ぼくにいわせれば、そんなに恥ずかしがることはないとおもいますが、それでも「ぼくは抒情詩人である」と大見得きっていばってしまうと、その人はもはや抒情詩人ではないのだから困ったものです。

しかし、すぐれた芸術はたいていはどこかに優しい抒情を秘めているもので、まったく抒情性の欠落したものは、それなりに面白さはあるにしても、何かしら物足りないという感じが残ります。やはり人間は血も涙もあるのがいいので、涙なしでも生きてはいかれるし、勇ましい感じですが、ロボットでない以上は、

　秋きぬと眼にはさやかに見えねども

という微妙な感覚をも愛したほうが人間らしいのです。

ただ、あまりにも弱々しく女々《めめ》しくなってしまうのは、もちろんぼくも反対で、この粗雑な烈風の中、抒情の旗をにぎりしめて歩いていきたいと考えるものです。

もちろん、他のどんな分野をも認めます。ハード・ボイルドであろうと、クールであろうと、ポルノチックであろうと、それらすべての混在した中にぼくらが生きているとすれば、否定できるものは何もなく、グロテスクもナンセンスも、すべて面白さを感じますが、抒情をせせら笑う風潮に対しては反発したくおもうわけです。

それでは第一部はここでおしまい。いよいよ、もっともぼくらしい第二部「星屑ひろい」(『詩とメルヘン』連載エッセーの中から抄録)に移りますので、これがまた見だしを読むだけでも面白

いのですが、第一部の最後は、三十二歳で夭折した美貌の歌人・目黒真理子の短歌を記しておきます。

わが土に還る日のため植えおかん
青くやさしき翳《かげ》もつ樹々を

傾《かたむ》けて愛さむものもわれになし
那須野を今日もひかり降る雨

横ざまに氷雨《ひさめ》降る野にかえり来ぬ
ここよりほかに吾が愛はなし

第2部

星屑ひろい

星屑ひろい
夜がふけて
いくつひろった
星の数

1

詩がかけないのが本当の詩人
山村暮鳥の晩年の詩風

星屑ひろいと名をつけたのは、そんなに有名な星ではない無名の星のその中に、もっと美しい星がある。そんな星をさがして歩きたいという意味です。そして小石のような星にもやはりその星の存在価値はあるのです。

☆

山村暮鳥が大正十四年一月に刊行した詩集『雲』の序文（暮鳥はこの詩集の発刊を見ることなく病没した）に次のような一節があります。

「詩がかけなくなればなるほど、いよいよ詩人は詩人になる。だんだんと詩が下手になるので、自分はうれしくてたまらない」

ぼくにはこの言葉は本当に、心にひびきます。ぼくは晩年の暮鳥の詩をふかくふかく愛する者ですが、その詩はまったく平明で、なんの解説も必要でありません。読むだけでいいのです。元来、詩の本質はそういうものだとぼくには思えるのです。

あまりの難解さに頭痛のするような詩も、その頭痛こそ何ともいえないという人にとってはその偏頭痛的な詩が最高にいいのですから、第三者が文句をいうことはありません。

要するに、みんなどうでもいいのですよ。よりどりみどり楽しめばいいので、詩の選をすると選者によってまったくちがってしまう場合が多く、天・地・人などと分類してみても仕方のないことです。画家熊谷守一《くまがいもりかず》氏によれば「下手も絵のうち」でありまして、元来、うまいとか下手とかいうことはさして重要なことではなく、それを読むひとの側にほとんどすべてがあるわけです。どんな詩に感動するかという自分の心のほうの決定こそはるかにたいせつなことになります。

さて、このへんで、だんだんと詩が下手になるので、うれしくてたまらないといっている頃の暮鳥さんの詩を読んでみましょう。

手

しつかりと

にぎつてゐた手を
ひらいてみた

ひらいてみたが
なんにも
なかつた

しつかりと
にぎらせたのも
さびしさである

それをまた
ひらかせたのも
さびしさである

馬

だあれもゐない
馬が
水の匂ひを
かいでゐる

雲

丘の上で
としよりと
こどもと
うつとりと雲を
ながめてゐる

こういう詩を読むと、自分の詩があまりにも汚れすぎていて、しかも見栄っぱりで、金ピカメッキのようで、うなだれてしまいます。

といって、それでは山村暮鳥みたいなのを作ろうと思っても、それはやはり暮鳥ばりということになって、たいへんみっともないことになるのです。自分の道は自分ひとりで辿《たど》るもので、迷いながら進むのですね。

もしも、ひどく気取った詩風が好きなら、それに徹すべきですし、金ピカメッキはメッキなりにやればいいということになります。それはそれで一種の哀れさがにじんでひとつの風格がひらけるのではありませんか。だから、これはあくまでも自分の内部にむかっての探検であって、「いい詩」とか「完成された詩」の方向を目指すとき、もうすでに堕落ははじまっているわけで、こんとところがあまりの難しさにまっさおになって、もうこのへんでやめようと絶望するのですが、そんな時でも、できた作品はまるで楽々、笑いながらかいた如くでありたいと切望する次第です。

2

最高の傑作は俗悪スレスレ
島崎藤村と中原中也

まだあげ初《そ》めし前髪《まへがみ》の
林檎《りんご》のもとに見えしとき
前にさしたる花櫛《はなぐし》の
花ある君と思ひけり

やさしく白き手をのべて
林檎《りんご》をわれにあたへしは
薄紅《うすくれなゐ》の秋の実に
人こひ初めしはじめなり

はあ、これは舟木一夫のヒットソングだなと思うひともあるかと思います。まさにそのとおりですが、作者は日本近代詩の巨匠島崎藤村ですから、もし藤村が生きていて、舟木一夫の歌うのを聞いたとしたら、いくぶん甘酸っぱいはにかみを感じるのではありませんか。

ぼくがこの詩を読んだのはまだ小学六年生の時で、父親の書斎をひっくりかえしているうちに、ぐうぜん眼に入ったのですが、心の中のやわらかい部分に直撃をうけたようなショックをうけました。特に「前にさしたる花櫛の／花ある君と思ひけり」というところがどういうわけかよくて仕方がなかったのですから、ずいぶんいやらしい小学生で、我ながらゾッといたします。

ぼくがここでいいたいのは、本当にいい詩というものは、はなたれ小僧の小学生をも感動させるある種の通俗性をもっているということです。だから、それが歌謡曲でうたわれてもちっともおかしくないのですね。

☆

ぼくのようなものにはよくわかりませんが、芸術的な境地を高級に、さらに高級にと深く高く追求していくと、その一番高いところは、通俗との接点に達するのではありませんか。通俗とか大衆性とかいうものとははるかに遠く離れようとすればするほど、それはなげられたブーメランのように大きな弧をえがいて、もとのところへ帰ってくるような気がするのです。

中原中也の詩のいくつかにしても、また宮沢賢治にしても、石川啄木にしても、ほとんど文学や詩と関係のない人たちの胸をもうつ何かがあって、時にはそれは俗悪と錯覚されやすいのですが、真に最高の作品は通俗とスレスレの境地にあるとぼくには思えます。

ところで、この詩の通俗性、あるいは難解、あるいは解りやすさということについていいたいのですが、ごくありふれた口語体でかいてあるから解りやすいということではないのです。まったく解釈にくるしむ難解な言葉が並べてある詩でも、なんとなくその詩の良さがわかり、声をだして読みたくなるものもあります。一例をあげていえば、土井晩翠の「星落秋風五丈原」です。

これもぼくは小学生の時によんで、まったく意味が解らなかったのに、うっとりするほどよかったのです。そしてこの長詩の後半はどうも前半ほどしっくりと胸をふるわせないなと思いましたが、大人になって読みなおしてみても、まさにその子供の時の直感のとおりであるような気がします。

詩を深く研究する人のみが解る詩とか、詩人のみが解る詩とかいうもののもちろん結構ですが、本当の最高傑作はほとんど誰にでも理解できるはずです。たとえ、口では説明できなくても心の底深く、何かが率直に激しくよろこぶのです。

さて、晩翠の「星落秋風五丈原」の最初の一節をかいておきます。ぼくが小学生の時とおんなじにまったくなんの予備知識もなく、またなんのことか全然解らない現代の若いひとに、この詩が読んでみていいかどうかちょっと聞いてみたいのです。おそらくチンプンカンプンと思いますが、決して解釈せずただ読み流してみてください。言葉のひびき方だけでも気持ちがいいはずです。

祁山《きざん》悲秋の風更《ふ》けて
陣雲暗し五丈原《ごじょうげん》
零露《れいろ》の文《あや》は繁くして
草枯れ馬は肥ゆれども
蜀軍《しょくぐん》の旗光無く
鼓角《こかく》の音も今しづか
丞《しょう》相《じょう》　病篤《やまいあつ》かりき

3

心にひびく珠玉の言葉
堀辰雄と『青猫』　ぼくと井伏鱒二

堀辰雄は十九歳の頃、萩原朔太郎の詩集『青猫』を読み「詩とはこういうものかと思った。それ以来いろんな人の影響をうけたが、自分の作品がいかに多くを『青猫』一巻に負うているかを感ずることがある」といっています。

が、誰にだってこういうことはあるわけで、ある日、偶然に一冊の本と運命的なめぐりあいをして、それがその作家の一生の方向を決定するようなことになるのです。

それではぼくの場合には誰になるのかといえば、これはもう絶対に井伏鱒二なのでありますね。ぼくもその頃十代でした。古本屋で例のようにうろついていると、『夜ふけと梅の花』という灰色の小型の本があって、その本が一瞬キラッと光ってみえたのです。つまり、ぎっしりつまった無数の古本の中から、当時、名前も知らなかった作者のその本だけが見えて、他の本は消えて

しまったのです。

大げさすぎるというかもしれませんが、たしかに本のほうから読者に呼びかける場合があります。もちろんぼくはためらわず、その本を買いました（それにとても安かった）。

一読してぼくは魂が激動した。この時読んだ「朽助のゐる谷間」「山椒魚」「シグレ島叙景」「鯉」「屋根の上のサワン」が、ぼくのそれから後の人生観、芸術観を一変させてしまったのです。そのあと、さらにその直流である太宰治に読み進んで、『晩年』を読んだ時にもショックを受けましたが、今になるとやはりどうしても井伏鱒二ということになります（それも特に初期のもの）。

ぼくはそれまで、詩とか詩人とかいうものは自分とは遠い存在で、顔面蒼白の結核体質のひとというイメージがあり、呼吸器系統がまったく頑丈で、胃拡張気味の自分は詩人とは対極の位置にいると思っていました。

しかし、井伏鱒二の詩を読んだ時、「そうか、詩はこういうふうにかいてもいいのか、ぼくもかこう」とたちまち、その気になってしまったのです。しかし、ぼくは詩人にはならず、漫画家になりました。

井伏鱒二の『厄除け詩集』からぬきがきします。

なだれ

峯の雪が裂け
雪がなだれる
そのなだれに
熊が乗つてゐる
あぐらをかき
安閑と
莨《たばこ》をすふやうな恰好で
そこに一ぴき熊がゐる

石地蔵

風が冷たくて

もうせんから降りだした
大つぶな霰《あられ》がぱらぱらと
三角畑のだいこんの葉に降りそそぎ
そこの畦みちに立つ石地蔵は
悲しげに目をとぢ掌をひろげ
家を追ひ出された子供みたいだ
（よほど寒さうぢやないか）
お前は幾つぶもの霰を掌に受け
お前の耳たぶは凍傷だらけだ
霰は　ぱらぱらと
お前のおでこや肩に散り
お前の一張羅のよだれかけは
もうすつかり濡れてるよ

解説はまったく不要と思います。ぼくにはどうもピンクの貝がらとか、金色の雨とか、そういう種類の美しい言葉がてれくさく、井伏さんの詩を読んではじめて深い安心感を得て、ほっとしたのです。

抒情なんかは虫ズがはしるという一見悪徳陰惨風の詩をかくひとも、実はピンクの貝がらの裏がえしでありまして、やはりぼくには気恥ずかしいのです。

しかし、勿論、詩は自分の好きずきですから、どんなふうでもよろしいのですし、いい詩と悪い詩のけじめなどはっきりしませんが、いずれにせよ、どこかに珠玉の言葉があり、それが心の琴線にふれ、共鳴の音をひびかせるのでしょう。その時、この気づまりがちな人生をまぎらわせる、こころよい精神的酩酊の一瞬があります。

勧酒

コノサカヅキヲ受ケテクレ
ドウゾナミナミツガシテオクレ
ハナニアラシノタトヘモアルゾ
「サヨナラ」ダケガ人生ダ

4

南方系詩人と北方系詩人
北原白秋と高木恭造

人間の気質のわけ方にはいろんな種類があって、都会と地方とか、東洋と西洋とか、山岳と海岸とか、それぞれ面白いのでありますが、眼をつむって、エイ、ドカン、とまっぷたつに分類するとすれば、どうも南と北というふうに分けたほうがいいのではありませんか。

詩人にも南方系と北方系とありまして、わかりやすく、歌謡曲のほうでいえば、「北国のひと」と「長崎のザボン売り」みたいなことになるのですね。そして御存知の如く、このほうでも、北の歌と南の歌はくりかえしヒットしています。

ぼくは明らかに南方系でありまして、冬になると体調が落ち、ジンマシンがでたりするのです。ところがこの南方系体質は南に対してはさほどのこともないのに、北に対しては神秘的にあこが

れるのですからふしぎです。

子供の時から「北大寮歌」なんかよくてね。

夢こそひととき青き繁みに
燃えなん我が胸想いをのせて
星影冴《さや》かに光れる北を
人の世の清き国ぞとあこがれぬ

歌うたびにうっとりとしてひっくりかえりそうになりました。

ですから、秋田の男鹿《おが》半島へいった時なんかは、岬のホテルの海側の部屋をとり、時は二月、粉雪はちらつくというのに、ひと晩じゅう、暗黒の日本海を眺めて感動していたのですから、寒冷ジンマシン体質なのに御苦労なことです。思えばそれは南太平洋諸島からきたひとが雪景色に驚嘆するようなものでしょう。

雪国に住むひとにとっては、雪はやはりただ美しいだけでなく忍苦の冬であり、春を待つ心は本当に激しいと思うのですが、南国のひとは雪の青い影にもただ恍惚とするばかりで、豪雪地帯の生活については実感としてよくわからないのです。そのかわり南の太陽の下のことは、緑濃い平原のこと、熱帯魚の海のこと、もちろんその美しさを賞讃するものですが、同時に虫サソレ、炎熱、毒蛇、その他いろいろとおもいだしてしまうのですよ。

だから、北方詩人のものにはだいたい、ころりとまいってしまいます。宮沢賢治にしても、高木恭造にしてもです。

特に高木恭造の方言詩集『まるめろ』を一読するや、たちまち、天地震動して、キャッ、ドシンと卒倒してしまいました。

弘前《ひろさき》に旅行した時、ぼくは新聞社の人に依頼して必死のおもいで『まるめろ』を探し、ついにこの緑色の変型本の詩集を手にした時は、天にものぼるほどうれしかったのです。たいせつになでさすりながら持ち帰りました。

方言で詩をかくということはやさしいようでいて至難のことです。これはこの詩集に序文をかいている高木恭造の師である福士幸次郎が地方主義をとなえ、ひとにはすすめながら、自分ではどうしても方言詩の傑作をかくことができなかったということでもわかります。あの太宰治にしたって方言詩「雀こ」は秀作ではあっても大傑作ではない。つまり太宰の場合には、はにかみが邪魔をしているといえます。

宮沢賢治の場合はまただいぶちがうのですが、このことについては機会があれば、他日あらためてぼくの考えをのべてみたいと思っています。

ここに福士さんの序文から一部を引用してみます。

「高木君の鋭敏な頭は、私がいふ地方主義の文学的条件を僅かの言葉で云ふたのに、直ぐ全部を呑みこんでくれた。一を聞いて十を汲んでくれた。私にやらうとして出来なかった仕事が、同君の手によって直ぐ実現され始めた」（方言詩集『まるめろ』／津軽書房より）

その時、高木恭造の精神はまったく純粋に、師の示すままに無心に方言詩の方向に進んで、そして驚嘆すべきことに、一撃して真の詩の鉱脈のどまん中を直撃しているのです。

ぼくはこの詩を読むと本当に三嘆します。その時、詩の女神は北の空にあって突如として高木恭造の心の中に宿ったにちがいありません。これだけの傑作は神の助力なしにかけるものではありません。そして南方系詩人の火野葦平が一読して、忽《たちま》ち魂が宙天に飛び、「高木さんに逢いたい」と叫んだということも、解る！　よく解る！　であります。

ところで南方系の詩とはどういうものか、代表として九州柳川の詩人北原白秋、長崎の伊東静雄の二人の詩の一部をぬきがきしておきます。対比してみたほうがもっとはっきりするはずですから。

青いとんぼの眼を見れば
緑の、銀の、エメロウド、
青いとんぼの薄き翅《はね》
燈心草の穂に光る

（北原白秋）

野にひともとの樫立つ
冬の日の老いた幹と枝は
いま光る緑につつまれて
野の道のほとりにたつ

（伊東静雄）

両方とも自然を歌いながら、色彩ゆたかで光にあふれているではありませんか。生ぬるい微風に吹かれる感じです。そしてそれはまさに南方系の特色ですが、これが北方系の高木恭造の自然は次の如くになります。

野　火

雪《ユギ》ア解《ケ》だばりのトド松《マヅ》の林のかげの草原《カガワラ》サ子供等《ワラハンド》ア火《シ》コツケだな、枯草コアぱちぱちて
燃え拡《フル》がれば子供等《ワラハンド》も火《シ》コど一緒ネなて跳返《ハネケ》たりてんぷコうたりしてだネ。

ああ、こんな詩にはやられますねえ、こんなふうにうたわれると白秋も軽薄にみえます。「てんぷコうたりしてだネ」というところでは思わず涙がこぼれます。おそらく、それは、この詩には北方系のひとよりも南方系のひとがもっと強烈にやられるのではないですか。

ぼくもまた故郷土佐の方言をつかって詩をかいてみようと思いましたが、どうしても駄目でした。なんとなくテレくさいのです。つまり本当に土に深く根ざした土着の素晴らしさがぼくにはありません。神の如く純粋に方言詩をかくことはとても無理でした。

それにしても「すかんこの花」の中にある「かちやくちやネのセ」などという言葉のひびきに

はまったく驚嘆します。翻訳すれば「気がくさくさしているのさ」ということですが、「かちゃくちゃやネのセ」のほうが数倍もいい言葉であります。なんの意図もなく、詩精神の中心部、神に通じる恍惚の暗黒がその言葉の中にあって、思わず身ぶるいするのです。

5

翻訳詩は真実をつたえるか？
ジャック・プレヴェールの「バルバラ」

ああ　バルバラ　戦争とはなんたるいやらしさ
この鉄の雨　火の　血の　鋼《はがね》の雨のなか
きみは今ではどうなった
いとしげにきみを抱きしめた　あの男は戦死か
行方不明か　それともまだ生きているのか
ああ　バルバラ
ブレストは昔とおなじに　ひっきりなしの雨ふりだけれど

さて、いちばんはじめにドカンと組みましたのは、御存知のフランスの詩人ジャック・プレヴェールの「バルバラ」の一節。これはイヴ・モンタンの泣かせるような名調子の朗読もありまして、日本へきた時もやりました。

ところで御存知のとかきましたが、残念ながら昔のぼくは御存知なかったのです。だいたい翻訳詩というのが嫌いなのですね。なんだかぴったりきません。「ぼくの好きなのはリルケだなあ」なんていわれると、心の中でヒヤーッとなります。ひどく気恥ずかしいのですよ。黒髪、黄色の肌して、心だけパリというのはどうも他人のことながらテレますねえ。いかにフランス語の達人であろうとも、みかけは遠藤周作先生の如くちがいのわかる男がいいですよ。まして、翻訳だけ読んで「ハイネはいいよ」といわれても、とても「はいね」とはいえませぬ。

「巷《ちまた》に雨の降る如く、我が心にも雨ぞ降る」(ヴェルレーヌ)とか「山の彼方の空遠くさいわい住むと人のいう」(カール・ブッセ)とかはたしかにすてきですが、つまりは翻訳がいいのです。だから、いい翻訳はいいが、悪い翻訳は悪いという、当然のようなわけのわからないような結論になります。詩の翻訳が至難であることは万人ことごとく認めるところで、前章の『まるめろ』の詩人高木恭造の方言詩にしても、これを外国語に翻訳して、果たして方言の美しさが伝わるかどうか、首をひねりすぎてちぎれそうになります。

我国の俳句の如きもののもいくつかの英訳がでていますが、なるほどうまいと思っても、これは俳句というものとはまるでちがうものでありますなあ。

それなのに、なぜ、ジャック・プレヴェールの「バルバラ」をとりあげたかといえば、今を去ることずいぶん昔、ぼくもまだうら若く物憂げであった頃、この「バルバラ」の一節を大きな活字で組んであるのを見たとたんにズシーンと衝撃を受けて、全身ふるえあがり、どうしてもこの「バルバラ」の全詩を読まずにはいられぬという気分になって、本屋という本屋をさがし、ただバルバラの一語をたよりに探しあてたのが小笠原豊樹訳『ジャック・プレヴェール詩集』でありました。

その時にぼくがおもったのは思いがけない大型活字の効果で、「よしよし、いまにみていろぼくだって、大型活字で自分の好きなように詩を組んでみせるぞ」と心の中に誓ったのは、読むだけでなく視覚的に詩をみたいという悲願のようなものがあったわけで、今待ってましたとばかり大型活字を駆使しているのですが、気がよわくてね、これでもまだちいさめです。

それはとにかくとして、このジャック・プレヴェール詩集を手にして浅学菲才のぼくはヒャアとばかりにおどろきました。

なんとあのシャンソン「枯葉」はジャック・プレヴェールではありませんか。そしてぼくが一番大好きだった漫画映画「やぶにらみの暴君」のシナリオ・ライターでもあるのです。それから以後、注意してみると映画・コント・シャンソン・童話とプレヴェールの世界はいかにもおかしくさびしく奇妙に絶望的でぼくの心にしみたでしょう。

こうして残念ながら、ぼくはプレヴェール・ファンとなるのですが、さらにもひとつ残念なことに、ぼくはほとんどの著名詩人の如くフランス語を読むというわけにはいかない、というよりもまるで読めないのですから、はじめにいった冷汗のでる外国詩愛好家とおなじようにダメなのです。なるべくいい翻訳をさがして、遠くのほうから、なんかちょっとちがうものを、「うんこれはいい」とかなんとかいっております。

ぼくのところへくる手紙の中にも、「やなせさんの詩はハイネよりもゲーテよりもいいと思います」という物凄いのがあり、「なるほどこのひとはよく詩を理解している」と心中感心しながらも、閉口してひっくりかえるのですが、古典的な詩の壮重な翻訳を読んで若いひとが感動するわけもなく、ましてぼくとハイネを比較しては、ハイネが口惜し泣きして生きかえってきて、もう一度憤死するでしょう。

おもいだしてバルバラ
あの日のブレストはひっきりなしの雨ふりで
きみはほほえみながら歩いていた
はなやかに　うれしげに　光りかがやき
雨のなか
おもいだしてバルバラ
ブレストはひっきりなしの雨ふりで
きみとであったのはシアン通り

6

児童詩と老人詩と分類していいか
ジャン・コクトオと子供の詩の差

たまご

月が
白いろうやに
はいっている

ジャン・コクトオ

「うーん、さすがにジャン・コクトオ、するどい感覚だなあ」

と感動した人がいたとすればあやまります。

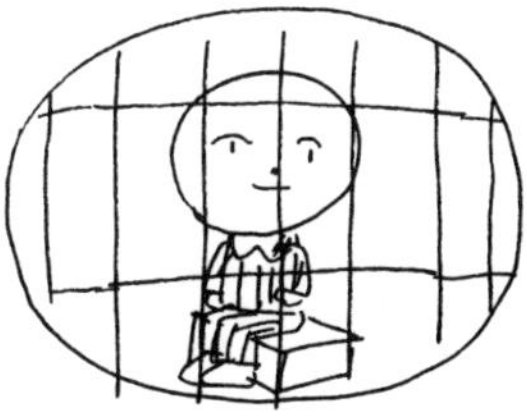

この詩をかいたのはコクトオではなく小学四年生の三田和仁君であるからです。

なぜこんなことをしたのかといえば、ぼくは新聞の一隅にある詩を読むのが好きで、気にいったのはきりぬいておくのですが、三田君のもそのひとつです。しかし、ほとんどの人は読みすごしてしまったでしょう。それならば、作者をジャン・コクトオとおきかえてみたらどうだろうか、これはコクトオにも三田君にも申し訳のないことですが、ひとつの心理的ゲームとして、どうかお許しください。そして、ぼくはこの詩は充分にコクトオの名前にも耐えられる傑作と思うのです。


だいたい、児童文学とか、児童詩とか分類するのがぼくはあんまり好きではない。それならば、六十歳以上の人は老人文学ということになる。老人詩ということになる。

もしも、そんな差別が不当というなら、子供だって差別しちゃいけませんよ。子供もりっぱな人格があるし、ちゃんと尊敬しなくてはね。

この世界には年齢の差別も、性の差別も、身分も何もない、ただ作品があるだけというのが、ぼくの主張です。

しかし、なぜか芸術は不可解な塔の奥ふかく隠れたがる。そして、ぼくがおそろしく無智なせいか、ほとんどの大家・巨匠の作品がぼくには理解できません。少なくとも心が感動しない。

もっともすばらしい芸術は、ある階級や、仲間が独占するものではなく、誰でも解りあえるものではありませんか。まして、それが詩のような、単純な形式のものであればあるほど。

☆

さて、絵とか詩をかきはじめるとき、はじめは遠くのほうを眺めます。リルケと自分と比較してみたりして、その差はわずかだなあとほくそ笑んで自信まんまん、もしかしたら自分は天才ではないかと思うこともあるのですが、ひるがえって、小学生や、幼稚園児の作品をみると、実にがっかりすることに、自分よりうまいのがいくらでもいるのです。

歩みはじめたミヨちゃんよりも劣るとは、なんと哀しくも絶望的なことではありませんか。

しかし、恐れることはないので、天才児ミヨちゃんは年とともに才能がうすれ、ぱったりと詩がかけなくなるのが大部分です。だから、ぼくには誰ひとりとして師匠はないけれども、無数の子供たちはいつも先生です。ぼくは子供たちの作品を尊敬をもって読みます。児童文学ではなく、ぼくの必死の競争相手として。

たとえば、一乗寺下り松の決闘で、宮本武蔵が吉岡一門と死闘した時、まず最初に前髪だちの源次郎少年の首をはねた。これは後世非難のまとになったけれど、決闘に大人もなければ子供もなく、あるのは生と死、勝と敗のみです。おなじように芸術の世界においても、どうして年齢のハンディなどがあり得るでしょう。

新聞のヤング欄などというのは笑止のことですし、まして、「二十五歳以上の奴等は死ね」などという若者は、その思いあがった差別観は人種差別よりもひどいのです。たいせつなのは心の問題なのですよ。ぼくは十歳のひとにも七十歳のひとにもハンディなどはみとめません。

ジャン・コクトオとサインしてあればいい詩で、三田和仁なら、子供の詩にしてはよくかけてるということではないと思うのです。

ちょっとくどくなりました。

次に、本当のジャン・コクトオの詩を二篇かかげておきます。

シャボン玉

シャボン玉の中へは
庭ははいれません
まわりをくるくる廻っています

耳

私の耳は貝のから
海の響きをなつかしむ
（堀口大學訳）

7

真の個性とは?
川上澄生と熊谷守一

我はかつて詩人たりしか
ひそやかに今も尚我は詩人なりと思へるなり
詩人は常に文字以て詩を書かざるべからざるか
我は今詩情を絵画に托す
あな我れ　我が詩情は詩とならずして絵画となるなり

一九七二年、七十七歳で心筋梗塞のため急逝した版画家・川上澄生の詩であります。

もちろん、ぼくは川上澄生の足下にもおよぶものではありませんが、ぼくのように漫画家であってなぜか詩とメルヘンの世界に一歩を踏みこんでしまったものにとっては、この詩は胸をうつものがあります。

なぜなら、ぼくは絵と詩の中間にある微妙な世界を誰よりも愛するものですから。川上澄生の詩を読むと、心の中のある部分がかゆくなります。

「ひゃあ、くすぐったいなあ」

というふうになります。

☆

ぼくはある日、ふらりと「星屑ひろい」をかきはじめました。

年代も作者も作品も、まるで順不同で、きれぎれであります。ところがかいているうちに、突然巨大な流星が出現してぼくを驚愕《きょうがく》させます。それはたちまち闇黒の中に消えさるけれども、ぼくは電撃にうたれてふるえあがるのです。

「詩と絵」の問題について、このままにしておいていいのだろうか、ぼくは微力だけれども、生命をかけてこれを探究しなければならないのではないだろうか。

いいですか、ここにジャムパンがあるとする。ジャムパンを評論しようとする時、ジャムとパンをバラバラにして評論していいのだろうか。このジャムパンの本当の味はジャムとパンが接触している部分にあって、純粋にジャムであり パンであるよりも、混合しているほうがおいしいのではないか、にぎりずしを食べる時にも、シャリとネタを分解してしまうと味気ない。

なんだか、いってることが自分でもよく解らなくなりましたが、ぼくとしては微妙な部分のことをいっているつもりであります。

元来、どの詩がいいのか、悪いのか、誰にも解りはしないので、ラーメンの好きな人もいれば、てんぷらという人もある。あんまり思いつめないほうがいいのです。

その点、川上澄生の詩を読むと実にのびやかな気分になります。

といって誰でもかけるというわけにはいきません。

話はちょっとちがいますが、画家の熊谷守一氏が、庭にムシロをしいて寝ている。スケッチブックを用意していて、蟻が通るとスケッチする。またゴロリと横になってひる寝している。まるで、草が生活しているようにごく自然に気持ちよさそうにしている。やってきた画商が羨ましくなり、「私もひとつそこで寝かせて下さい」と頼んでムシロの上に寝ころんでみたが、上等の背広を着てムシロの上に寝てみても、まったくサマになりません。

やっぱりダメだとあきらめたそうですが、川上澄生の詩の世界にもムシロでごろ寝みたいなところがありまして、実に気楽そうで、自分もあんなふうに雲のように自由にうたいたいと思って真似してみても、さっぱりいけないのです。峻烈に模倣を拒否する世界であります。一歩まちがえば、まったくばかばかしくなってしまいます。

ただ、やたらに神聖視してしまうのも困りもので、尊敬するのはいいが気楽でなくちゃね。芸術は元来気楽なもんですよ。

☆

熊谷守一氏の話がでたついでに、氏の本の中から、絵についての言葉をちょっとひろってみます。はたしてあなたの心にふれるかどうかは知りませんが。

★絵でも字でもうまくかこうなんて
　とんでもないことだ
★絵にも流行《はや》りがあって
　その時の群集心理で流行りに合ったものは
　よく見えるらしいんですね
　新しいものが出来るという点では認めるにしても
　そのものの価値とはちがう
　やっぱり自分を出すより手はないのです
　何故なら自分は生まれかわれない限り
　自分の中にいるのだから

はじめにかこうとしたことと、途中から、まったく変ってしまうのは、ぼくの文章の特徴です。どうも本当にいいたいことがかけずイライラしますが、真の個性というのはどういうことなのか、その問題についてぼくなりに論じているつもりであります。

また川上澄生の詩の一部を読んでみます。川上さんは英語の先生でもありましたから、英語のリーダーの訳文の感じでかかれたものがいくつかありますが、これもそのひとつです。

☆

私の肖像に寄せて

これは誰なりや。
私なり。
私とは誰なりや。誰でも私なり。
これは失礼、私は川上澄生と申す者なり、
私は只今坐骨神経痛を病みて足の具合悪しければ、
出づるには必ず杖か洋傘をたづさふ。

（中略）

私、子供なし、女房なし、金もなし、
多分このまま死たる後は地獄におつるならむ。

（飛白第一巻三号）

ああ、川上さんやられますねえ。ぼくはこんな詩には弱くなります。まったく自分が俗物であることを思い知ってしょんぼりします。

8

詩と絵について　デカダンスの詩人・村山槐多

「槐ちゃんの唯一の道具である両軸の色鉛筆は、前後に赤と青の二色が使いわけられた。帳面を四つに区切って、一齣ずつに絵をかきながら、二、三十齣の長い物語を聞かせるのがつねだった。またちいさいボール箱の舞台とボール紙の人形と積木の大道具をつくり、この小劇場で槐ちゃんは、せりふつきで人形を指で動かし、さまざまな芝居を演じてくれた」

これは二十二歳と五ヵ月で夭折した天才画家、村山槐多の子供時代について、弟の桂次君が思い出をつづった文章であります。

これを読んで、ぼくは激情におそわれる。なぜなら、これは手塚治虫の幼年時代や、そしてまたぼくをふくめて多くの漫画家の幼年時代と酷似しているではありませんか。

ぼくはなぜ漫画家になったのか。時々自問することがあります。絵だけでも満足できず、また詩だけでも物足りなく、また劇作だけでも心が満たされない。

もし村山槐多が現在、少年であったとしたら、もしかしたら漫画家になっていたかもしれないと、心ひそかにぼくはおもうのです。キャッ！　これはひどい暴論だとあなたは閉口するかもしれませんが、漫画は一種の総合芸術なのでありますよ。

それはさておき、村山槐多の死後、まったく発表を意図せずにかかれたおびただしい作品をおさめた詩集『槐多の歌へる』（大正九年）が出版されると、世間は瞠目して感動したのです。

この瞠目という言葉が実にいいので、つまり目をみひらいておどろいたわけです。

有島武郎、与謝野寛・晶子、高村光太郎、室生犀星などすべて、まなじりがきれるほど眼をみひらいておどろいていますが、中でひとつ与謝野晶子の文章を引用してみます。

「槐多さんの芸術は偉大なる驚異です。日本が生んだ最初の徹底的頽廃詩人は、この人であると思います」

ここですこしだけひっかかるのは、徹底的頽廃詩人という言葉ですが、明治につづく大正時代の風潮はデカダンスであって、暗く燃える不健康な欲望と現状否定が芸術的潮流としてあったのです。だからたとえば現在でも、アングラ芸術が流行するといえば、それがひとつのパターンにはまってしまうような軽薄さの中で、村山槐多こそは本当のデカダンスの詩人なのだ、つくりものではないという賞讃の言葉であったのでしょう。

槐多自身も、死の二、三ヵ月前にかいた遺書の中で、

「自分は自分の心と肉体の傾向が著しくデカダンスの色を帯びていることを十五、六歳から感づいていていました。私は落ちゆくことがそのいのちでありました」

といっています。

そして、村山槐多の詩人としての業績も、主として彼のデカダンスについて、その激情を秘めた暗い情熱について賞讃されているようですが、果たしてそうかと、ぼくは疑問におもうのです。

槐多自身が考えたほど、彼はデカダンスではなかった。彼の心の中にある純真な抒情を見おとしてはいけない。そして、そのみずみずしさの面で、むしろより激しく、ぼくは村山槐多にひかれるのです。

たとえば次の詩はどうですか。

神よ、神よ
この夜を平安にすごさしめたまへ

われをしてこのまま
この腕のままこの心のまま
この夜を越させてください
あす一日をこのままに置いて下さい
描きかけの画をあすもつづけることの出来ますやうに。

ぼくはこの詩を読んでほとんど落涙する。彼の行動がどうであったにしても、心の中の至純な魂はまるで素直に「あす一日をこのままに」とうたっているではありませんか。

そして詩人は詩について、画家は絵についてというようにばらばらに批評するのではなく、村山槐多という人間そのものの中に芸術はあるのです。

ぼくは今まで生ぬるく生きてきました。だから、村山槐多のように人生そのものが芸術であるような、理想と欲情の間を激しい振幅でゆれ動く人物に対しては、無限の敬意を抱かずにはいられません。

しかし、それでは君もそのように生きるかと聞かれれば、それはちがうのですね。

ぼくはたとえ、それが芸術のためであろうと破滅したくない。石川啄木のようにも生きたくない。ぼくは芸術というものは、ぼくのようにごく平凡な、才能うすい人間の中にもあり、ぼくなりの歌をうたうことを楽しみたいと願うものですが、しかし、そのためになお、槐多にあこがれるのです。

彼の文芸活動は早熟で、中学二年生ごろから始まって詩、短歌、劇詩、戯曲、小説と、多方面にわたり、二十二歳と五ヵ月の短い生涯を終るまでつづきますが、その十九歳の時の詩「京都人の夜景色」をぼくはもっとも愛しています。ある大詩人によれば「京都人の夜景色」は槐多の全作品の中では低い作品で、甘く、してやったりという感じでかいてはいるが、表面的で未熟であるそうですが、元来、ぼくは未熟を愛するし、この耽美的な京都なまりの詩はどうしても好もしく思えます。

おそらく世間の評価にも、また槐多の意志にも反して、彼の絵画よりもこの詩を愛します。

京都人の夜景色

ま、綺麗やおへんかどうえ
このたそがれの明るさや暗さや

どうどつしやろ紫の空のいろ
空中に女の毛がからまる
ま、見とみやすなよろしゆおすえな
西空がうつすらと薄紅い瑠璃みたいに
どうどつしやろええなあ

ほんまに綺麗えな、きらきらしてまぶしい
灯がとぼる、アーク燈も電気も提灯《ちやうちん》も
ホイッスラーの薄ら明りに
あては立つて居る四条大橋
じつと北を見つめながら

虹《にじ》の様に五色に霞んでるえ北山が
河原の水の仰山《ぎょうさん》さ、あの仰山の水わいな
青うて冷たいやろえなあれ先斗町《ぽんとちょう》の灯が

きらきらと映《うつ》つとおすわ
三味線が一寸《ちょっと》もきこえんのは
どうしたのやろ
芸妓《げいこ》はんがちらちらと見えるのに
ま、もう夜どすか早いえな
あ空が紫でお星さんがきらきらと
たんとの人出やな、美しい人ばかり
まるで燈と顔との戦場
あ、びつくりした電車が走る
あ、こはかつた

ええ風が吹く事、今夜は
綺麗やけど冷めたい晩やわ
あては四条大橋に立つて居る
花の様に輝く仁丹の色電気

うるしぬりの夜空に
なんで、ぽかんと立って居るのやろ
あても知りまへんに。

9

美しい人
無名の詩人・菅野美智子

「詩の勉強をしたい」という方があります。

しかし詩は勉強するものですかね。ぼくにはそうはおもえませんよ。

「詩人になりたい」という方があります。

しかし詩人はなりたいとおもってなるものですかね。ぼくにはそうはおもえません。

だいいちぼくは詩人ではない。おそらく一生なれないでしょう。

詩集『白い木馬』で知られるブッシュ孝子さんの詩を読まれた人は、たしかにその詩が勉強してかかれたものでもなく、また詩人になりたいとおもってかかれたものでもないことがおわかりとおもいます。おそらく、それは心の中にある、やむにやまれぬ何かがこぼれでたのです。

それは大地の中に突然宝石が生まれるように、また輝く無数の星屑の中の美しい星のように、私たちの眼にふれ、たましいの深奥部をゆり動かすのです。それが無心というもので、それが芸術の透明な核心部なのです。

いろんな武道の極意も、また悟りの境地もそれに似たものとおもわれます。

だから「詩のつくり方講座」など読んでも意味がない。先生が、

「この第一連と第二連はひびきあっていませんね、ここの言葉をこうなおすと、ぐっとよくなります」

「なるほど、よくわかりました」

というようなことではないのです。ラーメンのつくり方は習えばできるが、詩のつくり方は習ったって無駄ですよ。

だから子供の詩はすばらしく、また夭折《ようせつ》する若い生命は燃えつきる瞬時に魂の詩をうたうのです。身体障害の人々の作品に心をうつものが多いのも、それは迫害に対する精神の集中がより純粋に結集するからとおもえるのです。ダイヤモンドが、もの凄い大地の圧力によって結晶するようにです。

それでは先生は不要かというと、そうではありませんね。

猿飛佐助の話をしましょう。

忍術の勉強をするために白雲斎に弟子入りした佐助は、毎日毎日、炊事、洗濯、風呂炊き、掃除とこきつかわれて、先生は忍術のニの字も教えてくれない、「ああ、おれはだまされた、なんというひどい師匠だろう」と、集団就職した子供が、夢と現実の差に絶望するように、歎いているのですが、実はこの師匠の身辺にあって雑用をしているうちに、いつとはなしに師匠に感化されているのです。

教育というのはまさにそういうもので、テクニックではありません。それなのになぜ、現代では教育技術のみがすすんで、人間形成の根本が見失われているのか、ぼくなどはどうしても理解できませぬ。

そして、詩にしても、絵にしても、まず内なる人間の完成が問題であって、作品はごく自然にあふれでるものです。

そのために修行したいとすれば、たとえば俳人種田山頭火《たねださんとうか》の如く、流浪托鉢《るろうたくはつ》ということになります。その孤独、漂泊、貧窮のはてに、はじめて芸術の珠玉を手にすることができたとしても、

わけいってもわけいっても青い山

という、茫然とした心境になるわけです。なるほど、それは透明で、山頭火の俳句はぼくの心

をふるわせるけれど、あなたにそれをやれともいえず、ぼくもまたまったくそんなことはできません。だから、ぼくは永久に詩人にはなれぬ、また、本質的に詩人でもないと確信するのです。

ぼくは俗心が強すぎる。

貧乏なんかしたくない、みじめになりたくない。

『詩とメルヘン』の編集をすれば、どうか売れゆきがいいように、欠損しないように、とびくびくしながら暮らしております。

八木重吉がキリスト者であり、宮沢賢治が日蓮宗信者であった如く、宗教は詩人の精神を高揚純化させます。というよりも絶対なるものへの信仰の喜悦によって生まれる没我の境地が心の中に浄土を築くのでしょう。

しかしながら、ぼくには信仰心もない。これでは駄目でありますね。

『マミール』という婦人雑誌があります。この本の巻頭に紀野《きの》一義《かずよし》氏が毎号随筆を連載していて、ぼくは愛読していたのですが、この中に深く心に残った一篇の詩があり、ぼくはそれを再読、三読、四読し、いや、それどころか、折にふれては読みかえすのですが、なんともいえず心をやさしくするのです。

ぼくはいつか、この詩を「星屑ひろい」でとりあげたいとおもいながら、ためらったのです。

なぜかといえば作者は詩人になりたいのでもなく、自分のつくったものを詩とも考えていません。その人の静かな生活が乱されることをおそれたのです。現代のマスコミはあまりにも理不尽でありすぎる。何もかも踏みにじってしまう。他人の不幸や、病苦をも商売にしてしまう。悲劇を売って商売して、ビルを建て、ベストセラー祝いで取次店呼んでドンチャン騒ぎというようなのがぼくには耐えられぬ。

この詩の作者について記述している紀野一義氏の文章を左に引用します。この文章それ自体まれにみる美しさで瞠目するのです。

「彼女はきわ立って美しいという人ではない。美しい人なら、そこに集まった人々の中にもっと美しい人がいた。その美しい人の中のひとりが、彼女を見てこういった。

『あんな美しい人がいるかと思うと、ショックだった』と。

彼女の美しさは、その深い心からきている。人を疑うことを知らず、人を憎むことを知らず、人を嫉妬する心なく、人の悲しみを聞くやたちまちその眸から涙があふれ落ちる。その心からきていた」

ぼくはただ一篇の詩のために『マミール』編集部に連絡し、作者菅野美智子さんに手紙をかき、また紀野一義氏に電話で許諾を得、それでもまだ心の中に恐れるものがあるのです。

ぼくはいったい、いいことをしているのか、それとも悪いことをしているのか。

ということです。

それでも、なお、ぼくはこの詩を紹介せずにはいられません。おそらく作者は迷惑でしょうし、とまどうかもしれませんが……。

お地蔵さま　　菅野 美智子

木々が息をついて
ただよい　ながれる
ひかりに　なぐさめられ
ただよいは　風の波になった

その波が
たっぷりとおしよせてきて
お地蔵さまの

小さな前だれを
こまかく　ぬらした

お地蔵さまの
その前に　その前に——
二羽のはとがお供物を
おじぎしながらいただいている

お地蔵さま
そのはとのふるさとを
知っているのですね
そこには　ふしぎはもうないのですね
すべてがふしぎだから——

ひかりのなかから雨がふる

となりの佳人が
静かにかさをひらいてくれた
知らぬ間にその中が
ふるさとになった

10

人間とゴリラを区別するポイント
自由律と定型律

野ゆき山ゆき海辺ゆき
真ひるの丘べ花を敷き
つぶら瞳《ひとみ》の君ゆゑに
うれひは青し空よりも。

高名な詩人佐藤春夫先生の若き日の第一詩集『殉情詩集』の中の「少年の日」のはじめの章であることは、もう説明の必要もないことですが、なんと調子がいいではありませんか。「つぶら瞳の君ゆゑに　うれひは青し空よりも。」にいたってはまさに夢ごこちで、ヒャーと叫びたくなります。

しかし、作者本人はある年齢に達して冷静な心でふりかえってみると、ヒヤー、恥ずかしいという気分になることが往々にしてあります。詩は一種のういういしさ、稚拙さ、未熟のところが、魅力となる芸術でありますから、あまりにも完成され、技巧的にほとんど完璧ということになりますと、読む人ことごとく、襟をただし、ひれ伏してしまうことになります。

そしてまた抒情詩というのは成人男子の多くが軽侮するところでありまして、ケーッなんだいこりゃ、甘ったるくて胸くそワリイ‼　などとイキがる人もあるのですが、実はその大部分は自分の胸底ふかくにある抒情性に対して、てれくさがっているのはいじらしいことです。

なぜなら、抒情こそは人間とゴリラを区別する最大のポイントで、素粒子よりも陽子よりもなお繊細な何かが、レーザー光線の如く感情の中心を直撃して、心の琴線をふるわせるのです。

桜桃の花白々と咲き群れる岸辺をゆけばなつかしきかな（茂吉）

やはらかに
柳あをめる北上《きたかみ》の
岸辺《きしべ》目に見ゆ泣けとごとくに（啄木）

これを国文解釈風にいたしますと、

「さくらんぼの花が満開に咲いている川のほとりを歩くと、おさない頃もおもいだされて、なんとなつかしいことでありますなあ」とか、

「新緑の美しい柳がはえている北上川の岸のほとりがみえる。まるで私に泣けといってるみたいにゆれている」

というふうになって、ちっともよくないのですねえ。せっかくの名作をめちゃめちゃにしてしまうから、学校の授業はなんと面白くないことでありますという感慨をほとんどすべての生徒が抱いて、単に進学の意志に燃える不屈の魂をもつひとのみが、傍線の部分の語意を記し、その時の作者の心境を短文にせよ、などという無理な註文に、あほらしい解答をかくことになります。

ふたつの短歌とも、内容は冷静に考えれば、それはいったい何のことか、ちっとも人生の重大事に触れていないのですが、ごく普通に読んでみると、何かが心をさわがせる。心臓の表面がくすぐったくなる。気持ちのいい酔いを感じる。実にふしぎなものですねえ。これくらいの短さ、しかも、五・七・五・七・七という規定された律動の中にぴたりはまって、なおその上に感動することができるとは、ああ、人間に生まれてよかった、ゴリラとはちがうと感謝するのです。

ぼくらはそういう微妙な感情のふるえをよろこぶことのできる性質をもつ生物です。

そして、現在では歌謡曲・童謡をのぞいて、ほとんどの詩が自由律のものになっています。もちろん、そのほうがかきやすいということもありますし、韻をふんだ詩形は、どうも古風で、その上通俗っぽい、ということで、『詩とメルヘン』編集部に寄せられる詩も、その九十九・九パーセントは自由律の散文詩であります。

しかしながら、詩はまず第一に読んで気持ちがよくなくてはいけない、できれば高らかに朗誦できればなおいい。それならば定型律の詩も棄てたものではないと、ぼくなんかは考えますし、事実、今でもたくさんかいているのです。

人生は楽しいほうがいい。

卑俗とは何か?

低次元とは何か?

どういうわけか、すべてのものは円周運動をしているので、高く高く、なお高くと目ざしていくと、いつのまにか、むしろ堕落しているのです。だから真実に最高のものは通俗と脱俗の接点の部分にある。

そして、心を酔わせるということは、真の意味でやはりエンターテインメントなのだ。

ぼくはそう考えておりますが、それにしてはこの文章は少し理屈っぽくなりました。
また気持ちのいいリズムをもった詩を読んでみることにします。

断　章　　佐藤 春夫

さまよひくれば秋ぐさの
一つのこりて咲きにけり、
おもかげ見えてなつかしく
手折《たお》ればくるし、花ちりぬ。

岩手公園　　宮沢 賢治

「かなた」と老いしタピングは
杖をはるかに指させど

東はるかに散乱の
さびしき銀は声もなし

なみなす丘はぼうぼうと
青きりんごの色に暮れ
大学生のタピングは
口笛軽く吹きにけり

老いたるミセスタッピング
「去年《こぞ》なが姉はここにして
中学生の一組に
花のことばを教へしか」

弧光燈《アークライト》にめくるめき
羽虫の群のあつまりつ

川と銀行木のみどり
　まちはしづかにたそがるる
（註）ヘンリー・タピングは盛岡バプテスト教会の牧師。賢治の在学中、英語を教える。

「川と銀行木のみどり」という一節などはなにげないようでいて、街の風景がそのまま眼にうかぶゾクゾクする言葉であります。
なんというか、いい詩には説明はいらないので、ぼくの場合、腰椎椎間板軟骨のあたりがぶるっとふるえるかどうかで決定している次第です。

11

夭折する詩人群
矢沢宰とブッシュ孝子

季刊『銀花』第十八号に、詩をめぐる覚書、「銀のもざいく山村暮鳥」というタイトルで斎藤庸一氏が書いています。『銀花』はぼくの大好きな編集ぶりでありますし、暮鳥さんは心から敬愛する詩人ですから、さっそく読んでみますと、実に興味しんしんとした好読物でしたが、その中の一節がぐさりと胸につきささったのです。一章を転載すれば左の如くです。

〃いつだったか、草野心平さんを囲んで、『歴程』の詩人たちとお酒をのんでいたとき、話が故人の歿年齢に及んだことがあった。山村暮鳥四十一歳、宮沢賢治三十八歳、八木重吉三十歳、中原中也三十一歳、富永太郎二十四歳、立原道造二十六歳（以下略）。

一人ひとりが知っている範囲でぽつぽつと呟いた、そのあとの森閑とした沈黙は忘れられな

い、詩人の宿命のようなものを見つめて、そこに己れの屍を重ねていたようである〟

画家にも夭折した人はずいぶん多い。佐伯祐三の絵をみていると、「生命がもう少ししかない、いそがなければ」という感じがありありとします。絵具がうたいながら飛沫をあげています。このひとにかいてほしいと願う巴里《パリ》風景が、終末近い天才の生命を限りなく惜しみながら一瞬に燃焼していいます。

いったい芸術というふしぎな魔術は何なのだろう？　ぼくらはなぜ絵や、音楽や、詩に感動するのだろう？　ある詩にめぐりあった時、心がふるえだすのだろう？

そして、詩や、絵が技術ではなく、より精神的なものだとすれば、それは生命そのものに深くかかわりあってくるのは当然です。

早く生命を終る人は短期間に結集した精神の律動が激情となってほとばしりでるのか。生きているあかしを残すために、無形の天使の声が波動となって芸術神経をゆさぶるのか。いずれにしても絶唱はむしろ天の声です。

ぼくはかつて薄幸の歌人目黒真理子の短歌数首を紹介した時にも、それを感じたし、今また、ブッシュ孝子（二十八歳十ヵ月）ののこした詩集を読んでも、やはりおなじような気持ちになります。どんな有名な詩人の詩よりも、もっと透明な何かが、その中にあるとぼくはおもいますね。

死後になって熱烈なファンが増加している矢沢宰《おさむ》（二十一歳）の詩も、著名な詩人たちのどれよりも心を打つ何かを秘めています。たとえば次のような詩です。

再　会

誰もいない
校庭をめぐって
松の下にきたら
秋がひっそりと立っていた

私は黙って手をのばし
秋も黙って手をのばし
まばたきもせずに見つめ合った

風が

あなたのふるさとの風が
橋にこしかけて
あなたのくる日を待っている

読んだあとで、本当に心がシンとする。自分の汚れているのがいやになる。なんて自分は金ピカメッキのデコデコの詩しかかけないのだろうとひざまずいてしまいます。ブッシュ孝子の詩集からも読んでみます。

私には愛について語ることはできない

私には愛について語ることなどはできない
それでも時に
私をみつめるあなたのひとみの中に

これこそ愛というものをみることがある
あなたの力強い手の力に
これこそ愛なのだと心さわぐことがある

神様のお顔

神様のお顔はなつかしいお顔
いつかどこかでめぐりあったお顔
いつもどこでもめぐりあうお顔
それでもちっともおもい出せないお顔

こんな詩を読むとき、どうして何か一言つけたすことができよう。

そこにある一個のみごとなりんごに対して、このりんごは……と説明するりんご評論家みたいなことがいえよう。

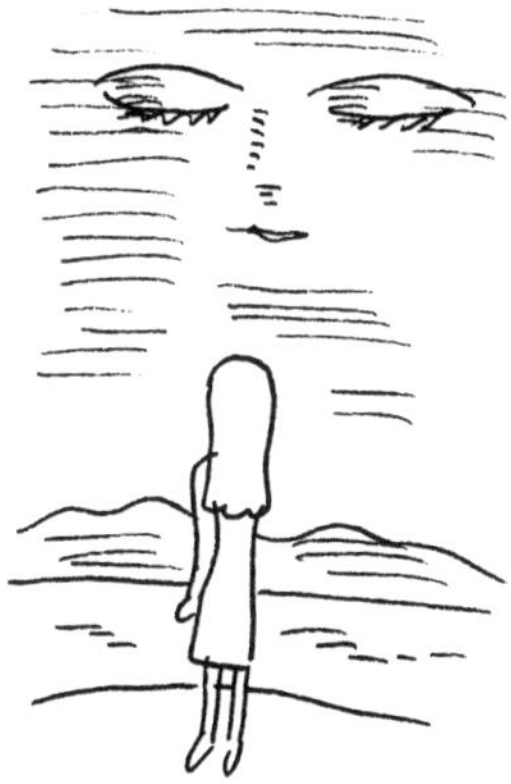

そこでぼくは大いに困り、ブッシュ孝子詩集『白い木馬』の最後のページをひらき、編者あとがきを読むのですが、この周郷博氏のあとがきは最近の詩集のあとがきの中でも、もっとも傑出したものではないか、もし、「あとがき賞」というものがあれば、この文章にさしあげたいと個人的におもうほど、ぼくの考える詩の本質の中心部に命中しているのであります。ぼくの乱雑な拙文のかわりに結論にかえてそのあとがきの一部を引用します。

「九月九日から十月十八日まで——その秋の四〇日のあいだに、孝子さんがかきとめた詩は八〇篇をこえた。とくに十月初旬の一週間ばかりのあいだの孝子さんの〝詩の世界〟の〝跳躍〟=その質とスケールの〝深まり=ひろがり〟は孝子さん自身考えも及ばなかったものにちがいない。

（中略）

孝子さんは昨年の九月九日、おばあちゃんと信州の霊泉寺温泉にでかけていって、そこの田舎の秋の風景の中にいたとき、にわかに詩が——『たくわえにたくわえ暖めに暖めてきた言葉の数々……が詩句《フレーズ》になってあふれでて』くるという、立ち竦《すく》むような『経験』をする。それは『待っていたもの』との〝出会い〟であったかもしれない。霊感に打たれたなどというカビくさいものではない。『次々にうかび出て』くる言葉の奔出に耐えて、孝子さんは、夜中に起きだして夢中でそれらの言葉をかいた。（後略）」

全文をうつせないのが残念なくらいですが、孝子さんの生命が「ガン」におかされて息たえる二日前の夜九時、「先生と話をする」といって、酸素吸入を口から外し、周郷博氏に最後の電話をしました。

「先生、ワタシノ詩……イイ詩デスカ」

ああ　ローソク　　　ブッシュ　孝子

ああ　ローソク
お前の丸やかな静かな
ひらめきの中には
古《いに》しえからの無数の灯と
古しえからの無数の人の祈りとが
ひそんでいる気が私にはする

12

たとえ詩人全集にのっていなくても心を直撃する詩はあること
へたも詩のうち

「誰にでもわかるやさしい詩をかこうか」それとも「難解風の高級な詩をかこうか」と悩む方が時々いますが、どっちでもいいのではありませんか。あんまりやさしい詩ばかりかくと詩人の仲間から軽侮されてしまう。たまには知性あふれる、あるいは魂の苦悩のうめきのようなのをかいて世間をギョッとさせたい、というふうに考えるのも、無邪気な発想でありましてほほえましい限りです。

ひとそれぞれ、好き不好きでおもいおもいに個性の花を咲かせればいいのですが、中には他人の作品をけなすことにのみ熱中するひとがいて、年中「なんだこれは！　こんなのは詩ではない、ケッ！」などとふてくされています。未熟といえばそれまでですが、他人をけなす前に自分の作

品を創るべきでありますね。

詩人の魂を持つひとはもっと寛容の心をもって、「へたも絵のうち、へたも詩のうち」というふうなのがいいのです。たとえ、本人が熱血あふれる革命詩人であったとしてもです。

ぼくはあんまり熱心に詩を読むほうではありません。いいかげんにひろい読みするのですが、たとえば日本詩人傑作大全集とか、世界大詩人全集なんかをパラパラとめくっても、めったに心にひっかかる作品がありません。

高名な大詩人の作品なのに、なぜだろう？　よっぽどぼくの感性は悪く、知性が低いのだなと絶望的になりますが、投稿されてくる無名詩人の詩の中に、時々心を直撃してくるものがあります。まあ読んでみてください。方言とショートポエムはなんともいえない面白さがあり、誰でも簡単に詩を楽しむことができます。

透明な風だら

おおひなた（新潟）

申しゃけねえと思う
しゃべくると耳までほてる

わりーてが知ってる
手のふるえ　かくさんね

そんげな目で見られんと
いっそ　風ならいかった
透明な風だら　あなたに　じょんのびさだけ残して
けーるすけ

あなたは　何も知らん　あなたでいいがに
しった黙ってれと　自分の心臓にいってかせた

ああ　二度と　あなたに会わんねえぐれ
遠い所へ　けーてしまいて

そんぐれ　そんぐれ　好きんがです

訳

わりーてが――悪いということは　じょんのびさだけ――心地良さのみ
いいがに――いいのに　しった――少しは
会わんねえぐれ――会えないくらい　そんぐれ――そのくらい

おっぴさん

内海 秀子（仙台）

何年も寝たきりの
おっぴさん
もう　手も足も細っこくなって
まるで枯枝
毎日あつかいに来る娘も
めっきり白髪がふえた

なにかしら語りかけながら
までえに体を拭いて
寝衣裳をとっける
おっぴさんは娘ばりが頼り
「養命酒をのまいん」と言う
娘はんまそなふりして飲む

ホロホロと萩の花この散るばんかた
おっぴさんの口が動いて
「もう　さよなら
千も　万も
おせわ　さ　ま」

訳

おっぴさん――ひいばあさん　あつかい――世話
までえに――ていねいに　とっける――とりかえる
娘ばりが――娘だけが　のまいん――飲みなさい
ばんかた――夕方

目の前の人を嫌いと嘘ついて
苦いばかりのブルーマウンテン
（斎　千里）

不倫でもいいから愛がほしいのと
言う君の目におびえてる僕
（金子修）

六歳も年上の人好きになり
なぜか私もいっきに老けた
（くんし）

切りすぎた前髪くやみ帰るとき
春一番をオデコで受けた
（文月聖）

マンボウ
むかしむかし
大きなサメに
体を半分食べられた
（古賀るみ子）

お化粧が
上手といわれ
考える

（スミエ）

パンツの中
あのね
おチンチンが
住んでいるよ

（衆作）四歳

我家
親は寝てる
子供はぐれてる
犬は飢えてる

（小林勇気）

山の分校
先生一人
いじめっこ一人
いじめられっこ一人

（ぼうぼう鳥）

迷い
捨てようと
抱いたこ猫が
あったかい

（紫すみれ）

13

詩の中のユーモア飛んでいったツケマツゲといかりや長介の哀しみ

ぼくは「漫画集団」という団体に所属していますが、時々団体旅行をします。地方のお祭りに参加してそろいの浴衣で踊ったりします。

その道中のさわがしいことは大変で、さして若くもないのに幼稚園の遠足のような状態になります。

しかし、こういう旅行でぼくが一番楽しみにしているのは深夜、先輩や仲間と語りあうことです。漫画家のいいところは、なにもかも平等で自由だということです。もうひとつは仲間の仕事はちゃんと見ていて、いい仕事をしている作家はそれなりに尊敬されています。収入とか地位とかいうことと無関係です。

個性がはっきりしているので、おたがいの仕事が競合することがありません。個性のない人間はかならず脱落します。だから他の団体のように内ゲバがまったく起こらないのは、主導権をあらそう必要が皆無だからです。

なぜこんなことをいうのかといえば、この本の性格がぼくの考える漫画的精神でつくられているからです。

詩についても、あんまり美しいばかりだと、どうもぼくはてれてしまいますね。

美しい詩も、シリアスな詩も、また革命の詩も、牧歌的な詩も、すべて悪くありません。時には難解で何度読んでもよく解らないというおそろしくハイブロー風の詩も、それを読むことによって、いくらか知的エリートのよろこびがあるとすれば、また結構なこととおもうのですが、まだそれだけでは心がみたされない。何かが不足しているのです。

何かといえば、それはナンセンスであり、ユーモアなのですね。

それがないと人生もひきたたない。

詩もひきたたないのです。

ところが、このナンセンスとかユーモアとかいうものは、これを目指してしまうと、むしろ逆の結果になってしまいます。つまり、ユーモアは、シリアスの裏側にさりげなくひそんでいるのです。

あるいは悲劇が即喜劇であるように。

もし、ある人が崖から落ちた時、即死すれば悲劇になる。しかし頭にタンコブができたくらいで命に別条がなければ喜劇になる。一転して悲劇になる一歩手前、そのスレスレのところに人生のデリケートなやさしさとおかしさがあって、ぼくはその感覚こそ愛します。

しかし一般には、つきつめてしまわなければ気のすまない人が多く、厳格に戒律をつくってしまい、それからはみだしたものを排斥する。それがセクト主義や、権威主義の源流になり、闘争はくりかえされ、流血の惨事をまねくのです。自由を歌う詩人が実は不自由であったり、芸術に関する限り、どうしようもない差別観の持主であったりして、ぼくはあきれます。

人種の差別がいけないなら、芸術も差別しちゃいけませんよ。そうではありませんか。『詩とメルヘン』の二号に次のような詩をのせたことがあります。

女

塩崎 俊子

あなたのまつげ
風にそよいできれい……

…………

…………

あ

飛んでっちゃった

ぼくはこの詩を読んでずいぶん笑いました。そして、二ページ見開き、まっ白のページにドカンと組んだのです。

他の大商業誌のプロの編集者が、このページを見てためいきをついていいました。

「すてきねえ、うちではこんなこと絶対にできないし、もしやったとすればクビになるわ」

この飛んでいったツケマツゲの詩は、本人にとっては悲劇だけれど、第三者としてはいいようもないおかしさを感じさせてくれます。そして、人生のおたのしみというものは、実に意外なこんなところにもひそんでいるのですね。

塩崎さん、その後はどうしていますか。また傑作をみせてください。

ぼくを笑わせてください。気づまりがちな暮らしの中で心をそよがせるひとときをください。

ドリフターズがおかしいのは、リーダーのいかりや長介の苦渋にみちた哀しい表情に裏うちされているからだし、アコとデストロイヤーがおかしいのも、この大学出のふく面レスラーの孤愁にあるとぼくはおもっています。

井伏鱒二や、太宰治を愛するのも、その詩情の底にあるユーモアのためだし、遠藤周作を愛読したのも、そのピエロ性のためでしたが、あまりにもピエロがピエロになりすぎ、商業主義がそれを利用するということになると、不愉快な感じもします。

だから、残念だけれど、この本にしても、もしもあんまり売れすぎると、一番たいせつなものを失ってしまうかもしれないなあ。

ぼくはもっと我ままをして、もっと最大公約数を無視しなくてはね。

さてここで、いくつかのナンセンス詩集を読んでみましたが、どうもぼくの考えていることとぴったりしません。ナンセンスとか、ユーモアとか名乗りをあげたとたんに本当のものはどこかへ消えるようです。たいていの大爆笑番組が決して爆笑できないように。

アメリカの漫画家ジェームス・サーバーのいくつかの絵入りの詩、また谷川俊太郎さんのいくつかの詩、その他をおもいうかべましたが、今回は例をあげるのをやめました。

どうもユーモアというのは野の花のように、全体の中で眺めるのがいい。

それほどデリケートなもので、またそのデリケートさのためにより深くぼくは愛しているのです。

14

難解と通俗の間
「人生の並木道」の詩人・佐藤惣之助

難解ということはそれ自身罪悪です。
誰にでもたやすく解り、
誰にでも楽しむことができなくてはね。
さて、ここで一篇の詩を読んでみることにします。

輪

生活の鎖をきりはづして
世界の輪の外にいる
天然の花鳥帯にいる

日に直面して
魚と闘戯して
大きい川に繋《つなが》っている
さう、白昼ながら
青い降雪線につるさがっている

これは誰のかいた詩ですか?

そして、どういうことをかいたのですか?

それほど難解ともいえませんが、誰の詩かわかったひとはよほど詩についてくわしいひとです。

それはさておき、次の詩を読みます。

泣くな妹よ　妹よ泣くな
泣けばおさないふたりして
ふるさとすてたかいがない

これはディック・ミネがうたった「人生の並木道」の一節でありますね。森進一とか、水前寺清子とかその他の歌手もさかんにうたっている歌謡曲ですが、この歌の作者は佐藤惣之助、つまり前出の「輪」と同一人なのです。

詩人西條八十にしても、詩と歌謡曲と両方かいていますし、現代詩人の中にもそういうひとは多いのですが、佐藤惣之助の場合には、まるっきりちがうひとがかいたようにみえます。

佐藤惣之助の詩人としての年譜をみると、歌謡曲のことは完全に欠落しています。しかし、詩人佐藤惣之助の詩人としての行蹟はどっちが偉大だったかといえば、ぼくにいわせれば「人生の並木道」や、「人生劇場」のほうがはるかにすぐれていると感じるのです。

なぜなら、まったく詩に無関係のひと、まったく無智のひとの心を、佐藤惣之助の数々の歌は共鳴させたからです。そして、その歌謡曲の詩は充分に傑作であったとぼくはおもいます。

純粋詩とか、純文学とか、純粋音楽とか、純粋という言葉を軽々しく使用して、芸術の潔白性を主張するひとびとがいますが、それならば、純粋とはいったい何か、聞きかえしたい気がします。

☆

またもや話が変わりますが、音楽家山本直純に『オーケストラがやって来た』という著書があります。この本はそれ自身なかなか面白いのですが、次の一節は実にすばらしいと共感せずにはいられません。原文を要約すると次の如くです。

「N響のコンサートマスターを八年間つとめた海野義雄氏が、N響に入ったとき、旧態依然としたN響に新風を吹きこむために、大改革をやろうとした。このコンサートマスターというのはオーケストラの死命を制するほどの重大な役目をもっているのですが、三年間、必死になって団員を教育してみても、ちっとも自分のおもうように音がでない。

もうダメだ、とあきらめかけた時にふっとある種のインスピレーションがひらめいた。

オーケストラの中で一番駄目な人を救わなければならない。どんけつのダメなプレーヤーが、どうすればその人なりに一番うまくひけるかを考えよう。そしてどんなバカでもひけるように一番平凡な手法に変えてみた。

ところが結果は平凡ではなかった。

なんと、ぬるま湯的なオーケストラが一転しておどろくべき輝かしい音をだしはじめた。こうして海野氏は日本一のオーケストラのコンサートマスターとして、N響に新しい息吹きを吹きこむことに成功した。

改革は堕落のどん底においてしばしば実現する。しかもそのリーダーが息せき切ってヒタ走る時には現われず、諦観の境地に達したときにはじめて実現する。最低線のひとたちの悩みをリーダーが体得したときに、そのスタートラインがひかれた」

どうも長々と引用してしまいましたが、ぼくのいいたいことは解っていただけたでしょうか。そしてまた山本直純の音楽活動が一部の音楽専門家から、ジンタの指揮者と罵倒されながら、その根底に深い信念と情熱があることが解るのです。

だから、ぼくのやることは、やはり一番駄目なひとのために手をかしてあげることであって、偉い詩人や、教育者に賞めてもらうことではありません。そして、そのことのほうが、本質的に日本の精神文化の向上に役立つと確信しています。

どうも大げさな話になりました。

お恥ずかしいことです。ただ、ぼくはいわゆる詩も、歌謡曲も、フォークソングも、童謡もちっとも区別していないということをいいたかったのです。

要するに芸術の一番たいせつなことはひとの心を直撃することであって、どうしてその形式によって差別することができるでしょうか。

すぐれた歌謡曲作詞家であった宮川哲夫氏が泥酔して一万円札をばらまきながら、「おれは本当の詩をかきたいんだ」と絶叫した話はぼくを哀しませます。本当の詩は何も詩人全集の中にだけあるとは限らないのに。

15

中川李枝子さんとワルター・トリヤーについて

岩波書店からでている『図書』といううすい雑誌を毎月楽しみにして読んでいますが、一九七四年十一月号にのった中川李枝子さんの「岩波少年文庫のこと」という文章は、共感と羨望をおぼえる部分が多く、何度も読みました。

なぜかというと、ケストナーの『ふたりのロッテ』が中川さん姉妹のはじめて出会った少年文庫で、その初版本を後生大事にかかえて、訳者の高橋健二さんにサインをしてもらうところが、ひどく胸をつかれるのです。

中川さんの御家庭は実に素晴らしい御両親に恵まれていたということが文章のはしはしから想像されますが、一節を抜きがきしてみると次の如くです。

「私の母は好みがハッキリしていて、自分の気に入らない本を子どもが読むと嫌悪を示した。せっ

かく叔母がお土産にくれた童話集を、この作家は知性がないからと、子どもたちの手の届かない本棚のてっぺんへ押しこんだりする。（中略）

母に劣らず父もまた、うるさかった。彼は専ら絵にケチをつける方で、不正確な動植物、わざとデフォルメした頭でっかちの子ども、異様に眸の大きい少女にガマンならず、ルノワールの画集を私に見せて審美眼の狂いを直そうと躍起になったりした」

この文章のうち「手のとどかない本棚と、ルノワールの画集」というこのふたつの言葉で、はっきりと解ります。後年、中川李枝子さんが名作『いやいやえん』をかき、その挿絵をかいた妹さんの山脇百合子さんの絵が、なんとやさしくかわいらしかったか。その秘密はちゃんと少女時代にあります。

それにひきかえ、ぼくは自由放任であったから、『怪盗ルパン』とか、その他知性のない作家のも続々と読み、不潔な少年時代をおくったのはまことにあさましいことです。

しかし、しかし、二度くりかえしていうのは、ぼくもまた偶然のことからケストナーにめぐりあうのです。

その本は物置小屋の隅にあって表紙がとれてボロボロになっていましたが、読んでいるうちに夢中になってしまったのは、作者の知性と芸術性がやはりぼくの心をうったのです。それがケストナー作『点子ちゃんとアントン』（高橋健二訳）であったのです。

この時、ケストナーの名前は強烈にぼくの心にやきついて「よし、ケストナーの本は全部買うぞ」とかたく心に誓ったのです。

実際に全集がそろえられたのは、大人になってからでしたが、でもいい年をして、なおもぼくはむさぼるように読みました。特に「五月三十五日」は大好きで、この中にでてくるチェックの酋長の娘や、陸生の鯨は、ぼくの作品の永遠のテーマになってしまったほどです。

面白い作品というのは、読みながら、心の中でふくらんでくる、はじけそうになる。その面白さの恍惚としたよろこびは二度と忘れることはできません。

下品な面白さには下品なよろこびがあり、
上品な面白さには上品なよろこびがあり、
知的な面白さには知的なよろこびがある。

いずれにしても、面白いということは必要ですよ。たとえ、どんなに気取ったハイブロー な作品であろうとも、つまらなくてはなんにもならぬ。

ぼくのうちへやってきた婦人記者が、ぼくの本棚をみていうことには「あ、トラヴァースのメアリー・ポピンズがある。私、メアリー・ポピンズが大好きです。恥ずかしながら私二十三歳ですよ」

横井庄一は恥ずかしがってもいいが、二十三歳の女性がメアリー・ポピンズを読んで何が恥ずかしいのか、読んでなければそのほうが、よっぽど恥ずかしい。

子供の時にメルヘンを読む。

中学生になってメルヘンを読む。

大学生になってメルヘンを読む。

老人になってメルヘンを読む。

名作ならば、それぞれに面白いはずです。やたらに難解風のものを読むのは精神的に未熟です。青っぽいな。

メアリー・ポピンズのかきだしのところなんか、ぼくは今でも読んでいます。実にいい。風に乗ってくるところはためいきがでます。『星の王子さま』はあまりにも今はポピュラーになって、少し恥ずかしいけれども、やはり、あのうっとりするような「まえがき」は不滅の傑作としかいいようがない。

「よしよし、今にみていろ、ぼくだって、あれよりも凄いかきだしをかいて、読者を恍惚病で気絶させてやるぞ」

と心中ひそかに誓っても、絶対にそのあしもとにも近よれないのは、哀しくもせつないことです。

えーと、だいぶ脱線しました。ケストナーからもはるかに離れてしまったようですが、こういう心を直撃する本とのめぐりあいは誰にでもあることで、犬養道子さんはたしか『クマのプーさん』であったとおぼえています。

それにしても、みんな良家の子弟だなあ。ぼくの子供時代には誰もそんないい本はくれなかったのに。

ところで、ここで絶対にいい忘れてはならないのは、たとえばケストナーの場合でいえば、さし絵のワルター・トリヤーのことです。このトリヤーの絵はケストナーがのりうつってかいたのではないかとおもうほど、ぴったりで素晴らしいのですよ。

ぼくには絵のないメルヘンは考えられないし、絵がよくなくてはすべてダメとおもいますね。少しぐらい文章のほうがまずくても、絵が良ければ充分におぎなえます。

ワルター・トリヤーが死んでしまってから、さし絵はレムケにかわりました。レムケの絵もまいけれど、トリヤーのように文章がそのまま動きだしたようなところがない。そして私見をいえば、レムケになってからのケストナーの文章は、いくらか生彩を欠いているような気がします。

『星の王子さま』は作者のサン・テグジュペリ自身がかいていますが、この絵のいいことは、どんな上手な画家でもこれをこえることはできません。
ああ、ぼくも、もっといい絵がかきたい。
しかし、不潔な少年時代をおくった、ぼくの魂は下品だから、ダメだなあ。
中川さんのお父さんのようにしてくれればよかったのだ。
くだらぬ愚痴になりました。
かえらぬことはやめにして、今の仕事にはげみましょう。

16

単純化ということについて
有吉佐和子と室生犀星

先日、有吉佐和子・演出の「山彦物語」を見る機会がありました。一見してぼくはやられたという気がしたのです。芝居みて「やられた」などといっているのは不遜も甚しいのですが、この日本昔話を素材にしたミュージカルは、一見単純素朴にみえて、実は最高の芸術作品となっているのです。

たとえば狂言の舞台で「靭猿《うつぼざる》」「木六駄《きろくだ》」の如き珠玉の傑作に接する時、なるほど芸術の源流は単純化にある。狂言の如く何の舞台装置もなく役者の扮装もなく、演者の肉体と発声そのもので時に白雪粉々とした峠道に馬を追う姿が見えてくる。

よしよし、自分もまたこの種の演出を試みて、狂言の現代化をしてみようと心の中ではおもうけれど、これがたいていは失敗する。

狂言の現代化と考えた時に、すでに失敗しているので、本当はまったく別種のものでなければならない。

ところが「山彦物語」は、ひとつの舞台装置もなく小道具もなく、敵も味方も衣裳は全員カスリの筒袖、今はあんまり家庭では使っていない箒や、ハタキをもって、たよるはただ役者の肉体のみという演出で、駄目な役者はまさに駄目ということがはっきりする。

ある非常によく解っていない批評家が、「この劇は一過性の笑いで学芸会じみている」といっていたけれども、真実ぼくらが望むものは一過性の笑いで、あんまり大笑いというのは下品です。優れた演劇は、むしろ学芸会の延長線上にあるとぼくなどは考えます。

ある時、ぼくは宮沢賢治の「注文の多い料理店」の美術を担当したことがあります。

地方の学校をステージとしてまわる六人編成の小劇団で、クルマ一台に小道具、大道具、役者、全員が乗れるという条件です。

もちろん、ぼくはよろこんで引きうけた。

難問であるところが面白い。

考えあぐねた末、全装置をスライド化することにしたのですが、小道具の類をつい役者さんにまかせたのがいけなかった。ちゃんと普通の小道具がきてしまった。ガラクタが多すぎるのです。

もうひとつ、ぼくもまた狂言に挑戦している。「靭猿」をぜひミュージカル化してみたい。そう思ってとりかかったのが、漫画映画「ちいさなジャンボ」です。とにかく原作の影もかたちもなくして、まったく別の作品として勝負しなければならぬ。

しかし、やはりすこしゴテゴテしてしまった。一番たいせつな単純化という点で、ぼくはどうもつまずいた気がする。

ぼくらは時として壮麗なものに目がくらんでしまう。映画にしてもそのとおりで、あまりにも現代は無駄な装飾が多すぎる。根底を見失ってしまっているという気がしますね。有吉さんの『複合汚染』という小説をぼくは愛読しているのですが、複合汚染はなにも食品のことだけではなく、芸術の分野をもおかしていて、添加物が多すぎるのですよ。肉体的におかされるのとおなじように、明らかに精神的公害の被害者がではじめている。

ぼくが『詩とメルヘン』を創刊したいというやむにやまれぬ気持になったのも、いま抒情の旗をまもらなければ、それは永遠にヘドロの海底に沈んでしまうと考えたからです。

詩人室生犀星もいっています。

「私は抒情詩を愛する。わけても自分の踏みきたった郷土や、愛や感傷を愛する」

「名詩鑑賞」とか「名作解説」とかいうもったいぶったのがぼくは好きではない。

あんなことをすれば、どんな名詩だって駄作になってしまう。第一、詩とか絵——を他人に解説してもらうなどというのはそれ自体まちがってますよ。

とにかくいい童話にしても、詩にしても、あんまりゴテゴテぬりたくっちゃいけない。

自分の信じているところを率直に単純にださなくちゃね。

そして、やっぱり読んだ人の気持ちがいいようにしてあげることが第一です。

ぼくは芸術家というのはやはりサービス業だとおもうなあ。

他人をよろこばせて、他人がよろこぶのを見て自分がよろこぶ。そのことに生命がけになるってことじゃないですか。

だから自分の詩集だして、自分の詩集なでてよろこんでいるだけでは本当の詩人にはなれないのですよ。

えらそうなことといっても、ぼくは駄目なのです。とてもとても未熟です。それなのに気ばかりあせってしまうのだ。

えーと、気分なおしに、室生犀星の美しい詩をひとつ読みましょう。

三月

うすければ青くぎんいろに
さくらも紅《あか》く咲くなみに
三月こな雪ふりしきる

雪かきよせて手にとれば
手にとるひまに消えにけり
なにを哀しと言いうるものぞ

君が朱《あけ》なるてぶくろに
雪もうすらにとけゆけり

この詩は「三月こな雪ふりしきる」というところと「君が朱《あけ》なるてぶくろに」という言葉にいいようもない胸をつかれる情感があるなあ（これは解説じゃない。ぼくの感想）。

五月

悲しめるもののために
みどりかがやく
くるしみ生きむとするもののために
ああ　みどりは輝く

17
永久の未完成こそ完成
自分の世界とは?
——片桐ユズルの「幼年時代」

子供の時、夏の夜には螢がりにいきましたが、あれは今おもっても哀しいようなところがあります。明滅する青い火を追って露草の夜道を走るのは、なにか幻想を追っているようで胸がときめいたのですが、指につかんでみれば青くさい、パッとしない虫で、ごくみじめな弱々しい光が呼吸しているだけでした。

詩作にも似たようなところがあり、かいている時は頭へ血がのぼって「もしかしたら、自分は現代のリルケではないかしらん。稀代の天才詩人ついに出現ときたもんだ」とおもったりしますが、数年たって空気の冷たい日にふとみれば、ヘタクソとも何とも形容のしがたい、低劣無惨の愚作で、おもわず恥ずかしさのために眼がくらんで、キャーッ! 助けてくれと叫んだりします。

まあ、そこが詩の面白いところで、板子一枚下は地獄です。

これがだんだん枯淡の境地に入って、なるほど立派という作品をつくるようになると、実は本当の詩神はもうそこにはいないのですよ。

天使の如く自惚《うぬぼ》れたり、あるいは自殺したいほど恥ずかしくなったり、この大揺れに揺れてやまない、メチャクチャの中に突如として芸術の真骨頂《しんこっちょう》は出現するのですから、まことに虎穴に入らずんば虎子を得ず、すましていてはなんにも得ず、永久の未完成の中にこそ完成があるとくれば、これは誰だって一度はやってみたいとおもいますよ。

だから「先生、詩を添削《てんさく》して下さい」などとはいうべきじゃないし、先生もまた添削なんかしちゃいけません。

とはいうものの、この本を読んで、なるほどやなせさんのいうとおり、と感動しすぎてもいけないのです。

信じすぎるのはおそろしい。すべて半信半疑の状態で、この文章なんかも眉にツバをつけ、だまされないように読んでくだされ。

読売新聞によれば、近々、東大隊と国立科学博物館隊は「超大陸ゴンドワナ」を調査するためマダガスカル島に渡るとありますが、もうそれだけで熱血がさわいでやまぬ。なぜならマダガスカル近海こそ、あの生きている古代魚シーラカンスの捕獲された場所ですし、そのすぐそばのモーリシャス島は、ぼくが『詩とメルヘン』誌上にかいた、今は絶滅した幻影の鳥「ドド」のすんでいたところではないか。そして超大陸ゴンドワナの秘密をとく鍵は未調査のマダガスカルの古地磁気測定によってある程度はっきりするとすれば、どうしてワクワクせずにいられよう。

太古の時代、アフリカ、南米、インド、オーストラリア、南極は陸続きで、それが分裂し、現在の大陸の姿になった。そしてゴンドワナの存在は、大陸移動説を唱えるプレート・テクトニクス説に支えられている。

(プレート・テクトニクス説というのは、地球は地殻と上部マントルの一部からなるプレートによって覆われている、プレートは年間数センチのスピードで移動する、地震はプレート同士が衝突・接触しておきるという説)

はて、さて、文章の途中で突如文体が変わったので、読者は混乱したかもしれませんが、つまりは我々の住んでいる日本列島自体、信じるに足りない、やはり、板子一枚下は地獄ということをいいたかったのです。

だいいち、地球自体、この無限の宇宙を自転していく孤独な星じゃありませんか。まして、その地球に寄生しているバクテリアみたいな存在の人間が、あまりにも可憐な存在であることはいたしかたのないことです。

だから、（ここでまた飛躍してもとにもどる）詩の添削したってしようがないですよ。

そんな一字一句のことじゃない、一個の人間がどういうふうに思索したか、どういうふうにこの宇宙の中で生きるか、こんなちっぽけな人間の中に自分ひとりの宇宙をどういうふうにつくっていくかということがたいせつなんじゃありませんか。

サン・テグジュペリの『星の王子さま』の中で、王子さまの故郷の星が一軒の家ほどもないちいさな小惑星B＝612番というところを読む時、なにかしら胸がしめつけられるような気持になるのは、ぼくにしても、あなたにしても、C＝7106番かあるいはR＝1793番か、よくは解らないが、それぞれひとつの星をもっているからです。

そこのところが身につまされて、どうしても『星の王子さま』は最高の傑作だと再確認する次第です。

メルヘンをかくにしても、詩をかくにしても、絵をかくにしても、自分の星のことをかけばいい、自分の心象世界をそのままかけばいいので、なんにも難しいことはひとつもないのです。たとえば自分の世界そのものがたいへんきたならしいとすれば、詩もまたきたならしくなるわけで、きたなさの中には、またきたなさの面白さがあり、未熟には未熟の、幼稚には幼稚のうれしさがありまして、すこしも努力する必要はありません。
ところがたいていは自分の世界とちがうものをかきたがる。これは当然ともいえますが、本人はまったくどうしようもなく無知なのに、一見頭の良さそうな、かざりにかざった作品をつくると失敗することが多いのです。そして、この自分の世界を発見するのが、簡単なようでいて実は至難のことで、一生涯自分の本当の世界に気づかないまま、迷路の中を右往左往しながら人生が終ってしまう人が大部分なのです。ぼくにしたって例外ではなく、今でも毎日不安で気の休まるひまもありません。

　ぼくらの個性は全部ちがう
ちがわなくては困る
もしもみんなおんなじなら
どんなに人生は退屈で
この世は死ぬほどつまらないだろう

最後に詩の朗読会で非常に人気のある、個性的な片桐ユズルの詩をひとつ読んで、今回はおしまいにします。

幼年時代

ぼくの絵を　普通の大人はほめたが
図画の先生は　よろこばなかった
枝をそんなに一本一本かいてはいけません
全体の感じをつかんで　かくのです
つめたい色彩です
と　絵の先生は話した
のを　母親は見て
それはお前の心がつめたいからだ
不親切で　思いやりがない
もっと暖くなれそうなもんだのにねえ
夕食のとき　たとえば今日ちゃんばらして
遊んだらとても面白かったよと話すと
そんなことして目でもつっついたら

たいへんだ　おまけにあんな塀の上にのっかったりして
塀がこわれたりしたらどうします
それにあの子と遊ぶのは感心しません
などと言われるにきまっていた
それから
今度放課後に　図画の先生が特別に教えてくれるんだって
などと言えばかならずそれじゃ教えてもらいなさい
なんてことになると遊べなくなるから
昼間あったことは言わないことにした

18

創作は夢みるようにはいかない
遊んでいる時は仕事　仕事している時は遊び

現在のところぼくの仕事場の椅子は揺り椅子です。

揺り椅子というのは、つまりおばあさんが膝かけをして、冬ならひなたぼっこしながら、夏なら風とおしのいいえんがわで、うつらうつら、いねむりをしたり編物したりしているあの椅子なのだ。

なぜ、揺り椅子で仕事しているかというと、フレーベル館の新年会の懸賞で特賞にあたって貰ったのです。正直いってぼくは当惑した。我家には揺り椅子をおくスペースがない。

その時、幸か不幸か仕事用の椅子のバネがこわれてしまった。なぜ、こわれたかというと、ぼくがあまりにも椅子の背にもたれていねむりするために、体重がかかりすぎて（だいたい椅子は

眠るように設計されていない）バネが駄目になりました。

そこでマホガニーの揺り椅子で仕事をするということになったわけです。

揺り椅子だから非常に安定が悪い。ゆらゆらしながら絵をかいているのです。

しかし、ぼくの仕事の大部分はいねむりをすることだから、この揺り椅子で充分ということになります。

絵をかくとか、文章かくとか、詩をつくるとか、そういうことは、自動車の中だって、飛行機の座席だって、荒野のまんなかだってできますよ。

たとえば絵をかく時なんか、音楽入りで口笛吹いて、さらに野球放送聴いて、やってるわけで何の苦労もないのですが、何をかくのかと考える作業の時はそうはいかないので、揺り椅子にゆられたり、用もないのに冷蔵庫のドアを開けたりしめたり、歩きまわったりという状態になります。

仕事というのは考える作業が大部分で、詩をかくにしても、これぞというテーマがうかんでこなければ、ただの一行だってかけないわけで、揺り椅子にゆられて悶々として苦しんでいると、突然、空中に飛散している無数の言葉の中のいくつかが心の中にとびこんできます。すると精神的なコンピューターが作動して、それを採用か不採用か決定する。

不採用の場合はさらにもう一度、苦労をいとわず別の言葉をさがすか、でなければ「今日はやめた。また明日」と寝てしまうかということになります。

言葉がみつかると、頭の中で一度下がきしてみるので、うまくいった時は、ウフフなんてほくそえんでやっていますから、第三者がみると、このひとは気が狂っているのかと誤解することもあるのですが、しょせん、この商売はいくらか狂気のふうもありまして、親に孝行、行儀よく、品行方正、糞まじめ、手本は二宮金次郎という種類の人は、あんまり詩をかいたりしません。

ぼくらの仕事というものは、考える・考える・考える・考えるであって、それは決してカンがいい、ルーやカン蛙じゃなくて、かの哲人パスカルもいってるように「人間は考える葦である」。考えなければ人間も葦もおんなじで、物理学者も、我々も一日中考えながら日が暮れます。

だから、揺り椅子は決して仕事場に不似あいではないという、おどろくべき結論に達するわけで、このへんはさすがのパスカル先生にしても考えつかなかったのではありませんか。

かの大文豪、夏目漱石先生も『草枕』の中でいっています。

「山道をのぼりながら考えた。知にはたらけば角がたつ、情に棹させば流される……」

山道をのぼりながらそんなこと考えていると、たちまち転落して遭難するとおもうのですが、山道をのぼっている夏目漱石をみればみんな「ひゃア、今日は夏目先生あそんでいらっしゃる」と思うでしょう。

ぼくにしても遊んでいるとみえる時は仕事しているので、仕事しているとみえる時は遊んでいるんだよ（ホントカナア?）。

☆

ぼくが将来引退して、山中奥深く仙人のような生活をしているとする。

友だちは狐・狸などで、朝食は朝霧のジュース、白髪の老翁となって、その身は風の如く暮している。そこへ都会から一人の美少女がぜひ弟子にしてくださいとたずねてくる。

ぼくは「わしはすでに世捨てびとじゃ、もはや、絵も詩もかかぬ。詩とメルヘンも昔のこと。今は別の人が編集しておるのじゃ。お帰りなされ。ナムアミダブツ」というふうに答える（ちょっと高村光太郎の晩年に似てますなあ）。

それでも美少女はぜひ弟子にしてくださいと懇願したとすればどうするか。

あるいは弟子にするかもしれない。

しかし、給料は一円もはらわず肉体労働にこき使って「はい、あなたの詩は三行目の言葉をこういう具合になおすとよくなりますね」などとは一言もいわない。

さすがの美少女も、一週間で、栄養失調になり、その恨みと、失意と、悲しみをこめて、なにか、かいたとすれば、あるいはそれは傑作であるかもしれない。

まあ、創作というようなものは、そういうものでして、夢みるようにはいきませんなあ。
例によって、最後に誰かの詩を読んでおしまいにします。

午後に　立原 道造

さびしい足拍子を踏んで
山羊は　しづかに　草を　食べてゐる
あの緑の食物は　私らのそれにまして
どんなにか　美しい食事だらう！

私の餓ゑは　しかし　あれに
たどりつくことは出来ない
私の心は　もつとさびしく　ふるへてゐる
私のおかした　あやまちと　いつはりのために

おだやかな獣の瞳に　うつつた
空の色を　見るがいい！

《私には　何が　ある？
《私には　何が　ある？

ああ　さびしい足拍子を踏んで
山羊は　しづかに　草を　食べてゐる

19

詩は詩人たちのものか？
風は決して難解に吹かない
百戦一勝のチャンスは誰にでもある

歌手の三波春夫さんが、まだ若手の浪花節語りとして売り出し中の頃、故中村吉右衛門丈を訪ねたことがあります。吉右衛門さんのいうのには、

「三波さん、あんたは浪花節語りとして、どういう勉強をしていなさる？」

「もちろん、朝から晩まで浪花節の勉強をして、日本一の浪花節語りになる修行をしています」

「残念ながら、それでは本当の名人にはなれませんなあ。もし良い浪花節語りになりたいなら、浪花節以外のことを勉強されることです。たとえば西洋音楽とか、歴史とか」

この時、ハッと三波さんはおもいあたるところがあったといいます。

うろおぼえの記憶でかいたので、正確ではないのですが、根本のところはそういうことだったとおもいます。

ところで詩の話ですが、本当の詩人になりたいなら、あんまり詩を読みすぎないほうがいいとぼくなんかはおもいますね。

小学校一年生や、あるいは五歳の幼児は、なにも詩集読んで勉強して詩をつくるのではない。ある日突然、感覚的に人生の真実を捉えてしまう。それを不充分な言葉で舌足らずに表現するために、むしろ詩の本質を無意識に直撃してしまうことがあるのです。

もちろん、大人はそういうわけにはいかないけれど、気持ちとしては幼児のように、あるいは風のように、花のように歌えればそれに越したことはない。

詩の読みすぎは、時として詩人の頭を硬化させてしまう。「こういうのがいい詩だ」というひとつのパターンを頭の中につくりあげてしまい、そこから一歩もでられなくなり、仲間の中ではとにかく、はじめて詩を読む人には何の感動も与えないということが往々にしておこります。

それならば詩は詩人たちのものか、あるいは詩を批評しあう仲間のものか、あるいはその詩を理解できない人物は阿呆かということになる。

そうじゃないとおもうなあ。

花は決して理解できないような咲き方はしない。

風は決して難解に吹かない。

夕日の紅さは誰の胸にもしみる。

詩だけがいばっていていいわけがない。

詩人はやはり無限の教養をもって、生命がけで小学校一年生と競争しなくちゃいけないとおもう。

ぼくはその意味で『詩とメルヘン』を創刊したし、さらに『いちごえほん』で主として幼児の詩をとりあげることにしたのです。その中にプロ作家の詩をほとんど同列に、おなじあつかいでのせるというところに、この本の恐怖があるわけです。

たとえばアマチュアの力士がいる。その中で最強の人がプロの幕内力士と相撲をとったとすればまったく勝負にならない。プロが百戦百勝する。

しかし、詩の世界では時として、三歳の幼児が世界最高の詩人に勝つ場合も起こり得る。百戦百勝ではないにしても百戦一勝のチャンスはほとんど誰にでもある。

こんな面白い芸術は他の世界ではあんまり例がない。

だから、生命がけにならなくちゃいけない。

いつまでたっても安心できない。

不安定きわまりない、エリート否定の世界です。

それこそが自由で、そして理想的な社会の構成じゃありませんか。

聞くところによれば、日本の伝統芸術の世界では、お金さえだせば地位がのぼる。またびっくりすることに碁とか将棋の世界でも、あるいは武道にも、名誉八段とか何とか実力とまったく無関係の階級があるといいますが、ぼくにいわせれば、そんなのは不名誉八段だなあ。

そのかわりまったく無名の天才諸君、あなたがやってください。

胸のすくような傑作をみせてほしい。

ありあまる教養をおくびにもださず、純真無邪気の神のような作品で、ぼくおよび、全世界のひとの心をよろこびで満たしてほしい。

その詩に会えたことを幸福とおもえるほどの作品を見せてほしい。

いったい、あなたは今どこに息をひそめて隠れているのですか。

みんな、とてもあなたの作品を読みたがっているのに。

文章をかいていると、ぼくは途中から血が頭へのぼってきて熱狂的になってしまい、いつも後悔しますが、今回も詩をつくるにはもっと詩以外のことをよく知らなければという趣旨のことをかくつもりだったのに、へんな方向へいっちゃったなあ。

でも、ぼくはこの頃になって、自分が絵と文章と編集と、不充分にしてもいくつかの才能があってよかったと神に感謝しています。

昔の詩人はたいてい絵と詩と両方できたようですし、レオナルド・ダヴィンチにいたっては恐怖の天才なんだけれど、あれがやはり芸術家としては目指したい方向でしょう。

ルーブル美術館でダヴィンチの絵を静かに見ていると、決してこの絵はそんなに驚異的なことをやってるわけじゃない。ごくさりげない、もしかしたら、自分でも描けるかもしれないという平明さをもっていて、ドラクロアのような荒々しさはまったくないのに、しかも燦然《さんぜん》と光輝があって、その距離ははるかに遠く、天空の彼方、きらめく星のように、神の位置にある作品なのですね。

たしかに絵を描くのがもういやになる。

また熱狂しそうになってきた。例によってひとつ詩を読んでおしまいにします。

汽車にのつて　　丸山　薫

汽車にのつて
あいるらんどのやうな田舎《ゐなか》へ行かう

ひとびとが祭の日傘をくるくるまはし
日が照りながら雨のふる
あいるらんどのやうな田舎へ行かう
窓に映つた自分の顔を道づれにして
湖水をわたり　隧道《とんねる》をくぐり
珍しい顔の少女《をとめ》や牛のあるいてゐる
あいるらんどのやうな田舎へ行かう

20

えらい詩人が賞める詩はいい詩か？
小沢昭一のド素人論

新聞を読んでいると、小沢昭一氏の「新しい観客に支えられて」という文章が眼に入りました。

読んでみると非常に面白いところがあったので一部分をうつしてみます。

「諸芸との出あいの中で、実演者である私に切実な問題としてこびりついたことは、芸能は常に、名人上手にあらざるド素人の手によって新陳代謝を続けてきたということである。古くはかぶき踊りの出雲の阿国から、近くは新派の川上音二郎、新国劇の沢田正二郎、新劇の小山内薫――みんな既成の劇とかかわりを持たぬ、ないしはかかわりを断ったド素人が、見巧者でも具眼の士でもない新しいお客様と一緒に創りはじめたものであった。

そしてそれは、やがて幾多の名人たちの手をへてみがかれ練られ完成する。しかしそのころ、

その芸能は完成したが故に〝権威〟となって大衆からは離反し、ひとびとはまた次の新しい未熟な芸能を手にしはじめている。

どうも芸能史はこのくりかえしである」

ちょっと長かったのですが、ここに引用したのは、これは何も演劇の世界のことだけじゃなくて、いろんな芸術についても、また学問についてもおなじことがいえるのです。

ひとつの権威の中にたてこもってしまったとき、すでに堕落ははじまっていて、洗練されながらも大衆からはなれてしまう。

では大衆と密着しているものこそ、本物なのかといえば、それはまたちょっとちがうので、ただ単に低俗な迎合的な姿勢のものはますます次元が低くなってしまい、見ている観客の人相まで悪くしてしまうのですからふしぎです。

ある落語家が「この頃の客は本当の芸がわからねえ。こんな客が相手じゃァあたしの芸はみせられないよ。世も末だねえ」といったので、こんな落語家がいるようじゃ世も末だ、とおもったことがありました。

だいたいもともとが落語にしろ漫才にしろ庶民のよろこびです。それが芸術祭賞をもらって人間国宝になり、ひどくえらくなってみたり、なんだか知らないが国政を審議するかたわら、お笑いを一席なんてやられたのではたまったものではありません。

いや、だれだって大臣にでも国会議員にでもなればいい。しかし、そのときはいさぎよく芸能界は引退すべきですよ。ぼくなんかにはどうも気持ちがわるい。

明日のことは誰も知らない。おのれの一芸に生命をかけ、お客さまをよろこばせて暮らしていくのが芸人の心意気のような気がするなあ。

おなじように詩人が、自作の詩にプライドをもつのはいいとして、「この詩がわからないひとはバカ」みたいなことをいったり、大詩人になってしまったりするのは気味がわるい。

詩人といえどもエンターテイナーです。

そんな大変なものではありません。

だれだっていい気持ちになったほうがいい。

心の琴線にふれるものがいい。

詩を読むことによって、ますます、なんだかわからなくなって、読んだひとが自分は知的劣等人間かとかなしくなったりするのはいやだなあ。

しかもある流派に属していて、その流派の中で、下から順々にあがっていったり、同人誌の中で序列があって、偉い人と初心者と活字の大きさがちがったりするのをみると、どうもぼくには耐えられないという気がする。

　詩人がそんなことしちゃいけない。

　たとえば本当にいい詩というものは、えらい詩人が賞めるものがいいのか、それともえらい詩人でなければいい詩がつくれないのか。

　そんなことはまったくないのです。

　知能指数ともほとんど関係がない。

　精神薄弱のひとの詩を読んで、おもわず感動の涙をこぼしたこともあります。

　絵にも音楽にもそういうことはいえます。

　つまり、風に花がゆれるように。

　虹が空にかかるように。

　この世に生きているものは無心のうちに芸術の真骨頂に接近することがあります。そして無心こそが芸術の真の道であることを知れば、どうして無教養を笑うことができますか。

　ぼくがときとしてフォークソングをとりあげるのは、フォークはその発生が素人だからです。

　現在のフォークシンガーの多くも最初はド素人にすぎなかった。そのために職業詩人にはないキラリと光る宝石を持つひとが多かったのです。

しかし、現在、小椋佳や、井上陽水や、多くのフォーク詩人は陽の当たる場所にでてしまった。ひとつの権威をもってしまった。

フォークに熱中する若者がふえ、これもひとつの聞く耳をもたないひとには解らない部分がではじめてきた。

レコードの売り上げのベスト・ワンがフォークである、というその時に、次の新しい素人の芸術はどこかではじまっています。

ぼくの本職である漫画の世界でも、劇画全盛時代を迎えています。

劇画はかつては漫画に対するアンチテーゼとして、貸本屋の花形として、むしろアウトサイダーの立場にあり、その頃その濁流の中にやはり心やさしく貧しく純白な何人かの劇画詩人がいたのですが、主流を占めると同時に堕落ははじまったとぼくにはおもえます。

現在の劇画なら、二十年前の手塚治虫のほうがはるかに面白い。こころみに『鉄腕アトム』を読ませてみるとその面白さにはじめてであった子供はびっくりします。

またまた話がそれてきましたなあ。

とにかく何をやるにしても、ド素人の根性でなくては駄目です。

小沢昭一氏のいってるところもそこにあるので、新劇がへんなふうに気取ってしまい、やたらに難解になって、インテリぶったひとのみが「いや、実に名作、名演技」などとうなっているようになってはおしまいです。

この世界は素人の熱気にささえられなくちゃいけないのです。だから『詩とメルヘン』は漫画家が編集しているのだし、ぼくのかくメルヘンは読者に挑戦したりして、心ある児童文学者は顔をしかめ、

「なんですあれは。あんなものはメルヘンではありません」

とブツブツいっているわけです。

ぼくのかきたいのは迷作であって、名作ではないからそれで結構なのです。

例によってラストに詩を読みます。

名家に生まれながら貧窮のうちに世を去った千家元麿の詩です。単純なことに大げさにおどろいたり感動したりしているところがいいのです。いってみれば、それが純真な魂というものです。

飯

君は知つてゐるか

全力で働いて頭の疲れたあとで飯を食ふ喜びを
赤ん坊が乳を呑む時　涙ぐむやうに
冷たい飯を頬張《ほほば》ると
余りのうまさに自ら笑いが頬を崩《くづ》し
眼に涙が浮ぶのを知つてゐるか
うまいものを食ふ喜びを知つてゐるか
全身で働いたあとで飯を食ふ喜び
自分は心から感謝する。

21

詩は添削すれば死
輝ける星・大関松三郎

　ぼくのようなものでも、詩とか絵の講義をたのまれることがあります。ほとんどことわります。ぼくにはその資格も才能もないし、また元来、詩や絵をなおしてしまってはいけないとおもっています。みんなそれぞれに自分の詩風があるのに、それを添削してしまうと、もうそのひとのものではなくなってしまう。

　中川李枝子さんの『ぐりとぐら』を読み、山脇百合子さんの絵をみると、ある種のショックをうけます。これは決してうまいという文章でもなく、また絵でもない。それなのに、たしかにすばらしい、おもしろい。作者の幼少期の精神生活がよほど良かった。御両親の情操に対する考え方がよほどすぐれていた。そのためにこの作品と絵がひとつのほのあたたかい空気となって一冊

の本の中に漂ようとおもえます。

どうしてこの絵のデッサンについて、色彩について、技術論なんかできよう。また、文章について何かをいえよう。あるままの心のやさしさについて、人生に対するあたたかい目とこころよいユーモアについて、感心するより他にしかたがない。こざかしく気取った文章や、技巧のすぎた絵は、この単純素朴な作品の前で色あせてみえます。

しかし、先生として教える場合には、やはり、ひとつの基礎的なデッサンについて教える必要があります。だから、ぼくは先生をやりたくない。いや、自信がない。

でも、その反面で「詩とメルヘンやなせ教室」のようなものをつくってみようかと考えたこともあったのです。何人かのひとを一生けんめい育ててみたいという気も少しはしたのです。

ただ途中でおもいなおしたのは、ぼくはなにごとも中途半端にできない。生徒が聞こうが聞くまいが、ぼくは自分の全精力を使い果たします。だから、とても二時間の講義を一日二回なんてできるはずがない。ぼくは誰からも習ったわけではない。ただデザインだけはひととおりの基本知識を学校で教えてもらいました。ぼくは天才じゃなかったから、学校でても五年ぐらいは使いものにならなかった。ようやく、疲れはてた今頃になって、いくらか絵具が紙になじんできたとおもえます。なんとこの道は遠く、しかも進歩ののろいことでしょう。

読者からの手紙を読むと「やなせさんのようにひとつの仕事に熱中できていて羨ましい。私は朝から晩まで、宿題したり遊んだり、いったい何をやっているのかさっぱりわかりません」というようなのがあります。

ぼくは現在あまりにもいそがしいから、時々頭と胃がバラバラになったような感じになり苦しむのですが、本当いえばこの苦痛さえもぼくにとっては幸福なのかもしれません。

なぜなら、ぼくにも一日じゅう何をやっているのかさっぱりわからない暗黒の時代が数年間もあったからです。その時のあいまいな、どっちつかずの気分は今おもってもいやです。

ぼくは今いそがしく仕事している。しかもそれはぼくの好きでたまらない仕事です。

こころよく我にはたらく仕事あれ
それをしとげて死なんとぞおもう

啄木もそううたっている。

なかなかこころよくはたらける仕事なんかない。そうおもえば神に感謝しなくてはいけない。

ぼくは深夜に入浴し、たおれるようにベッドに入り、バタンキューと朝まで熟睡しながら、自分は今死んだように生きているのではない。自分の頭脳も、指先も、すべてのものをおもいきりはたらかせて生きていることを実感します。

ぼくらはせっかく生まれてきたこの人生を、無駄づかいしちゃもったいない。シンナー吸ったり、なぐりあったりして生きれば、その瞬間は心は集中し、一種の充実感があるかもしれないが、やはりそれは甲虫の一生とさして変わりばえしない。ぼくらはホモサピエンスとして、心に情感を持ち、風の音にも涙ぐむリリックな魂を神から授けられたのだもの、この微妙で繊細なふるえる感受性のよろこびを充分満喫することなしに、どうして生きているといえようか。また人間といえようか。

だからぼくらは歌いたい。

いい詩を読みたい。

音楽を聞きたい。

ただ人生の塵埃の中に埋没して、生きたままの精神的ミイラになってたまるか。

☆

最後の詩は、ひさしぶりに大関松三郎を読んでみたいとおもいます。戦後の混乱期のひとつの輝ける星であった。少年詩人が小学校を卒業する年に自分でつくった詩集『山芋』から一篇。

みみず

何だ　こいつめ
あたまもしっぽもないような
目だまも手足もないような
いじめられれば　ぴちこちはねるだけで
ちっとも　おっかなくないやつ
いっちんちじゅう　土の底にもぐっていて
土をほじっくりかえし
くさったものばっかりたべて
それっきりで　いきているやつ
百年たっても二百年たっても
おんなじ　はだかんぼうのやつ
それより　どうにもなれんやつ

ばかで　かわいそうなやつ
おまえも百姓とおんなじだ
おれたちのなかまだ

22

はみがきのチューブをしぼる
空気中に漂う詩神の声……いずみ・たく

「はみがきのチューブをしぼる。もうすっかり使ってしまって なにもない。なんにもでてこない。でもいっしょうけんめいしぼっているとほんのすこしでてくる。そのすこしでてきたものが、いい場合、悪い場合はありますが、まあ、そういうふうにして作曲するわけです」

これはいずみ・たく氏がいってた言葉ですが、ぼくもこれに似たようなところがあります。

みなさんはどういうふうにして詩をつくったり、メルヘンかいたりするのか知りませんが、ぼくは一作かくと完全にからっぽになってしまう。後に何も残らないのです。たいへん心細い状態になってしまう。明日からホームレスかなあとおもったりします。

でも、また気をとりなおしてやるのですが、完全にからっぽと思っていても、いつのまにか、ほんの少したまっているものがあって、それをしぼるのですが、年中古ぼけたチューブみたいで、情無い。

　吉行淳之介氏が病気で入院しているとき、体力が非常におとろえて、まったく創作なんかできない。一作かくと死んだようになってしまう。それでもなんにもしないで、じーっと寝てばかりいると、少しずつ何か溜ってくる。そこで起きだしてかき、またぐったりと寝てしまうという生活があったようですが、創作するということには相当に体力を消費します。おそらく身体の中で発電するものがあって、精神が燃焼しているにちがいない。

　べつにマラソンするわけではないのですが、どっと疲れます。

　絵をかくのは割合にイメージがわきやすく、心の中に投影した部分をスケッチしていくのですが、このことでもちょっと面白いことがあるのでかいておきます。ぼくと谷内六郎氏はまったく画風がちがいますが、ある部分で少し似たところがあります。

　御存知のように谷内氏は『週刊新潮』の表紙をかいています。このひとをヨーロッパへつれていって、むこうの風景をかかせたらすばらしいものができるにちがいないという企画は非常によかったけれど、ヨーロッパ篇はかならずしも上出来という訳にはいかなかったようです。というのは練り方が不足している。心の中を通過して完全な〝谷内風景〟になっていない。谷内君の絵はいかにも見たような風景だけれども、真実の風景じゃない。谷内世界の中にのみ存在する心象風景です。

ところが、ぼくも実はスケッチがあんまり上手じゃない。見ないでかいたほうがむしろかきやすい。

ぼくは中学生ぐらいの時はわりあいと風景写生が得意でしたのに、今は現実の風景を目にすると、手も足もでなくなってしまいます。一度記憶しておいたものを自分のフィルターを通過させて再構成させたほうがかきやすいのです。

棟方志功さんは木の中に隠れているものを彫るといいましたが、フィルムで棟方さんが仕事しているところを拝見すると、とても棟方さんみたいに、あんなに楽しそうにやれないなあと自分にひきくらべて羨望を禁じえません。

非難されるかもしれませんが、ぼくらは一種の霊媒みたいなもんだとおもいますよ。

誰か、よくわからない、この空気の中に漂っている声を聞きながらかくわけで、それは詩も、メルヘンも、絵もおなじです。

でも、どうしても声が聞こえない時があります。あせりにあせっても、何もかけない。こういうときは詩神はどこかへいってしまってるのですから、あきらめてゴロ寝したり、まったく無関係の仕事なんかします。たとえばカットの絵なんかかかく。

こういうものは習練だけでかけます。なにも精神一統する必要がない。

自分についていてくれる詩の神さまは上等なのか下等なのかよくわかりませんが、創作はすべてこの自分の神さまと合作です。だから霊媒の人がどっと疲労するように、作品かくのは疲れますね。

子供の時は心も透明で、神さまはごく簡単にやってきてくれますが、物心ついてしまうと駄目ですね。世間的常識というのに邪魔される。

いい作品をかきたいなら、ぼくらはあんまり公式を勉強しちゃいけない。いい詩をかきたいなら、あんまり詩を読みすぎちゃいけない。そういうことになります。

ぼくはメルヘンかく時なんか本当に心細い。考えつくまでが大変です。

推理小説なんかも大変でしょうねえ。

あれもひとつトリックを考えつくと、また次々とトリックを考えつくのかなあ。

やはり推理の神とか、ＳＦの神とか、いろいろいらっしゃって助言しているとおもいます。

人間なんてしょせん、弱くてどうしようもない生物です。大部分が水分なんですからね。その中に骨があって肉体の皮袋に包まれている。こんなかよわいものが神秘的な能力を発揮するためには、あくまでも、精神のアンテナをよく磨いて、宇宙の声をよく聞きわけるしか仕方がない。
ところで君のアンテナは錆びついてはいませんか。
最後に読む詩は、北原白秋の「海の向う」です。

海の向う

さんごじゆの花が咲いたら、
咲いたらといつか思つた、
さんごじゆの花が咲いたよ。

あの島へ漕いで行けたら、
行けたらといつか思つた、
その島にけふは来てるよ。

あの白帆どこへゆくだろ、

あの小鳥どこへゆくだろ、
あの空はどこになるだろ。

行きたいな、あんな遠くへ、
あの海の空の向うへ、
今度こそ遠く行かうよ。

23
題名も詩のうち
詩をつくるのも人生の娯楽

少し題名のことについてお話しします。姓名学というのがありまして、姓名そのものが運命につながるという研究がありますが、作品は自分の子供であるとすれば、やはりあんまり無造作に題名つけてはいけないのではありませんか。

まして、詩はほんのみじかい芸術だもの、題名そのものがすでにひとつのこころよい響きとユニークさをもっていたほうがいいのです。

ぼくは昔、井伏鱒二さんの『なつかしき現実』という小説の題名見て、それだけで、絶対その小説ののっている本を買おうと決心したくらいです。

サガンの『悲しみよ今日は』なども傑作です。昔『眠られぬ夜の為に』という本がありまして、あまりの題名の良さのために当時ベストセラーになりましたが、買った人は読んでみるとよくわ

けがわからず、たちまち眠くなってしまい、「はあ、眠られぬ夜のためにとはこのことか」と納得したそうですが、題名だけでひとつの作品になり得るわけです。

ついでにいいますと、芥川賞受賞作品『限りなく透明に近いブルー』もいい題名だとおもいます。作者は美術大学の学生のようですが、いかにも絵をかくひとらしい色彩感覚のある題に共感をおぼえます。

ところで、ぼくのメルヘン集をつくるためにまず全作品のリストをつくり、そこからぬきだして整理していったのですが、この三年間に相当大量の創作をしていることに気づいて自分でびっくりしました。まずえらんだのは次のような題です。

足みじかおじさんの旅
涙十三世のカード
ヒスタ、愛
ホーンモノラの襲撃
ドド
ブルーリボン

えらそうなことをいったわりにはあんまりよくなくて、ぬきがきしてがっかりしますが、いくらかは読んでみたいという衝動を感じさせるでしょうか。

もちろん、作品は題名だけではなくて、作品の本質がすぐれていなければなんにもなりませんが、すぐに無題（A）などとつけてしまうのは味気なくおもいます。

英語の演説のコンクールの優勝者が、

「英語をしゃべることはあくまでも私の娯楽です。私はモノマネが好きだし、英語をしゃべるということは外国人のマネするってことでしょう」

といっていたのは印象的でした。

詩をつくったり、メルヘンの創作したりするのも、つまりは人生の娯楽です。面白がってやるのですよ。だから題だっていろいろと工夫して、うーん、やったアという感じにして楽しんだほうがいい。

娯楽とはいっても、創作する作業には苦痛もともないますから、かきあげたときには、ヤレヤレ終ったぞという解放感があるわけで、それならば題では少し遊んでみるのも悪くはないと思うのです。

日本人の代表的血液型はA型だから、どうも少し深刻にものを考えやすいのですよね。苦節二十年、文学の鬼という人がたくさんいて、すべて他の作家をボロクソにけなし、談論風発して、聞くひとことごとく閉口しますが、本人はものともせず、『詩とメルヘン』などは「なんだこんな甘い本。なに、責任編集、やなせたかし、聞いたこともない名前だ、ヒヒヒヒ、子供だましだ。ケーッ」

毒々しく笑って、あとはおそろしく難解な話になり、ぼくなどはまったく理解できなくなってしまいます。

ま、それはともかくとして、自分の詩の中では「三人がけのまんなかの席」とか「ニワトリ革命」などが好きな題です。

いずれも題名をかいた時に既に内容のほうが完成しているという種類のものです。

今をときめく作詞家・阿久悠氏は、聞くところによれば、まず歌の題名を考え、その題名にあわせて言葉をつづっていくそうですが、題名が詩の顔であるとすれば、顔にあわせて衣装をつけていくというのもひとつの方法でしょう。

いずれにしても、詩をかいたり、メルヘンかいたり、絵をかいているということは人生の楽しみの部分でして、それがなくても誰も生命に別条はありません。それなのになぜ、眉にシワをよせ、深刻そうな顔つきで、重々しくふるまってみせたりする人がいるのでしょうか。ぼくにとっては奇怪としかいいようがありません。

それでは最後の詩、この詩をぼくは小学生の時に子供の雑誌で読み、一読してたちまち感動しました。特に「ポンタン九つ　ひとみは真珠」というところが非常に好きで、その後ぼくの詩は強く影響をうけることになります。

ポンタン

室生 犀星

ポンタン実る樹のしたにねむるべし
ポンタン思へば涙は流る
ポンタン遠い鹿児島で死にました
ポンタン九つ
ひとみは真珠
ポンタン万人に可愛がられ
いろはにほへ　らりるれろ
ああ　らりるれろ
可愛いその手も遠いところへ

天のははびとたづね行かれた
あなたのをぢさん
あなたたづねて　すずめのお宿
ふぢこ来ませんか
ふぢこ居りませんか

24

宮沢賢治のアメニモマケズは賢治の代表作なのか？　というささやかな疑問

ぼくは時々うまい詩をかきたいという気持ちになることがあります。

ぼくのようなものにも、詩を依頼にいらっしゃる方があり、また数本の定期的な詩の連載もしていますから、心にあふれるものがあって、それを詩にするというのではなく、〆切せまれば必死になって、なにかかかねばならないのです。〆切が近づくといつも苦悩がはじまりますが、だいたい毎日何かの〆切がありますから、毎日苦しむということになります。

まあ、その苦しみがあればこそ、ぼくのように平凡で、鈍重な人間もなにかしら緊張感をもって生きていかれるわけで、ありがたいとおもっています。

しかし、ぼくのように非凡でない人間は、どうしても、うまい詩をかいて、みんなに賞められたいという心になる。そして、たいていは失敗して、キャー、駄目だとねころんでしまいます。うまい詩をかきたいと思った時、すでに失敗しているのでかけるわけがない。

たとえば宮沢賢治の場合でいえば、彼が燃える心に耐えきれず、チェロとオルガンの独習をはじめたこと、また農業に対する激しい情熱、また肥料相談所を設けてたずねる人に「肥料設計」をかいて渡し、よろこんだ農民が殺到したために過労におちいって、ついに自殺同様に生命をちぢめたこと、また日蓮宗信仰のこと、その他各種の交錯した精神的な苦悩とよろこびの結実として詩があったので、なにもない土の上に突然詩の花が咲いたのではない。

宮沢賢治の詩の背後にチェロとオルガンの音を聞くおもいのするのは何もぼくばかりではないはずですが、ぼくはあなたがもし良い詩人になりたいなら、その前に燃える心の人でありなさいといいたいのです。

いや、良い詩人になりたいなどとは考えないほうがいい。まして詩人協会の会員で文学全集にのりたいなどとは考えては駄目です。

あなたがもしもパン屋さんなら、良いパンをつくる事に情熱をかたむけることです。そのことによってかならず魂はなにかに衝突する。そして眼にもみえない微粒子がとびちって、時としていい詩が生まれるのです。

原子核が破壊される時に物凄いエネルギーが発生することは御存知とおもいますが、高エネルギー研究所ではさらに陽子、電子といった素粒子の研究をしています。どうするかといえば、陽子にスピードを与える、さらに加速する、加速した陽子を陽子に衝突させる。衝突して飛散した中に新物質を探ろうとするのです。

たったこれだけの説明ではそのへんの中学生にも笑われてしまいますが、まあ、そんなことは本稿の目的ではないから、さておくとして、おどろくのはこの高エネルギー研究所の陽子加速装置です。ドーナッツ型になっている銃身の部分は人造の巨大な丘になって盛りあがっています。

別の話をします。

人間の肝臓を、コンピューターを使ってその機能をそのまま働かせる装置をつくろうとすれば、十階建のビルよりも巨大になるといいます。

ぼくのいいたいのは、それでは、人間の魂そのものの機能をひとつの装置にすれば、どれくらいの大きさになるのかということです。

そしてその精神が衝突して目にもみえない新物質をつくること、それがつまり詩であり芸術じゃないかと考えているのです。

だから、まず精神に加速しなくちゃいけない。
より速く、
より強烈に、
精神にスピードを与えなくちゃいけない。
ぼくらは微小な存在なんだけれど、精神の加速装置はおそらくこの宇宙全体で、ぼくらの心は無限空間を一瞬の間に三周、四周、……X周する間に加速する。
だから、
それはどういうことかといえば、結局は生きるということじゃないのですか。
うまい詩をつくるなどということは、最初からまちがっているので、この人生をどういうふうにけんめいに生きるのか、そのこと自身にかかってくるのですよ。
他人のことはさておいて、
ぼくの場合でいえば、『詩とメルヘン』や『いちごえほん』が、現在の社会全体に対して、またマスコミのあり方そのものについて、どうしてもおさえきれない憤激の心から出発しているのだから、ぼくはその自分の激情こそたいせつにしなければいけないので、詩をつくる、絵をかくなどは枝葉末節のことです。

いま、イラストレーターを志す人、デザイナーを志す人は、六人に一人いるといわれます。石をなげればイラストレーターに当たるといわれるのに、なぜ、週刊誌の表紙はあんなにも趣味がわるく、毒々しくきたならしいのか。なぜ谷内六郎の絵の上にまで、無神経な活字をばらまくのか。

なぜ、東京は乱雑で、街はメチャメチャなのか。

なぜ、ほとんどの印刷物は奇妙なのか。

なぜ、文学も、漫画もポルノ化するのか。

なぜ、文化人がギャンブルに熱中して、子供にギャンブルをするなというのか。

なぜ、婦人雑誌はセックスの記事ばかりかくのか。

なぜ、幼児の本が、あんなにけたたましいのか。

なぜ、歌謡曲大会で、少年少女が発狂したように奇声をあげるのか。

それが生き甲斐なのか。

それが生きてるってことなのか。

なぜ、女子大教授が学生といっしょに酔っぱらって、ぼくはなんにもしていないというのか。

なぜ、救世の宗教家が、テレビにでて、ニヤニヤ笑い、自分の著書を売りつけようとするのか。

もちろん、ぼくらは天使じゃない。

ぼくらは聖人じゃない。

しかし、これらの現象に対して精神は加速せずにはいられない。

君はどうなのだ。

君はそれでも、ただ、「詩のつくり方をおしえてください」というのか。

詩のつくり方も、詩人もなく、心の燃焼するひとと、不燃焼のひとの差があるのみではありませんか。

ああ、疲れた、終りに美しい抒情詩二篇と愛らしくてさわやかなショートポエムをよみましょう。

風

上山 野里

葉末を渡る風が
遠い遠い麦畠の
針のような穂先を渡ってゆくまでは
ここにこうして待っていましょう
ひとりでいるのが好きだったでしょ

黙っているのが好きだったでしょ
ずっとそうだったでしょ
なんにも変わりはしないのだから

雪洞色したプラタナスの花が
今日も闇の中に
消えて見えなくなるまでは
ここにこうして坐っていましょう
なんにも変わりはしないのだから
ただ　ほんの少し
ほんのたくさん
時が流れていっただけ
風がそよいでいっただけ

ただ　それだけなのに

ひとりがこんなに寂しいのは何故
他人がこんなに恋しいのは何故

麦の穂先を渡った風が
もしも　もしももう一度
ここを通ってくれるなら
わらの香と
鐘の音と
それから
それから
もう　いいのです
風は戻りはしないのだから
ほんとは寂しいだけなのだから

てのなかのかみさま

ゆきやなぎれい

てのなかには　かみさまがいるの？
どうして？
だって　おいのりをするときに
ふたつのてを　つぼみみたいに
そっと　あわせるでしょう
てのなかには　かみさまがいるのね
わたしは　そっと
りょうてを　つぼみのかたちに　あわせた
わたしの　てのなかには
どんなかみさまが　いるのだろう

剣道部

水野 裕子

もし
あの人と
試合ができるなら
大声で
こう叫ぶ

「こて！」

「めん！」

「どぉ！」

「すき！」

第3部
風の口笛

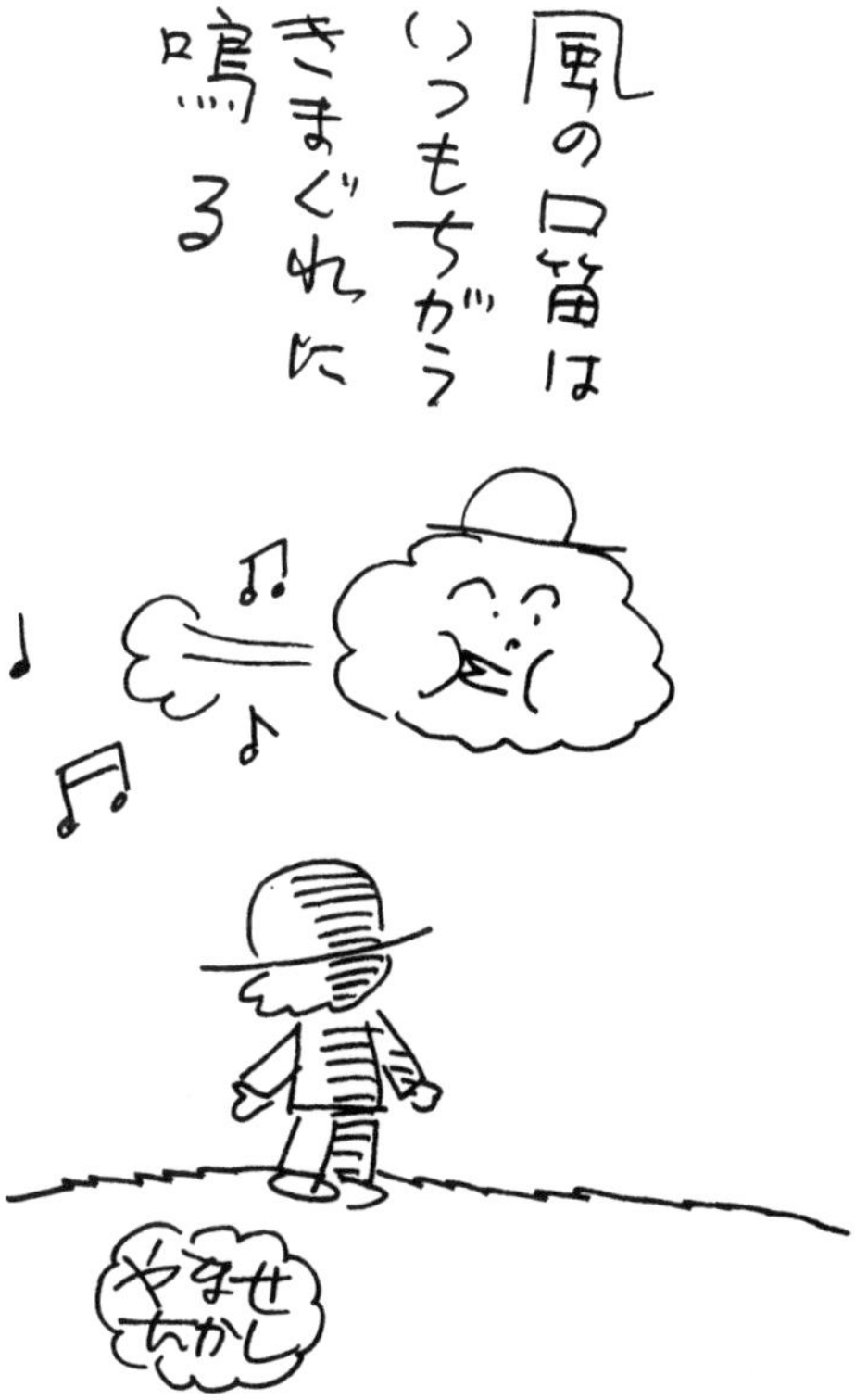

風の口笛は
いつもちがう
きまぐれに
鳴る
やなせたかし

1

ある落語家の言葉――「自分の中に取りいれる才能」そして、詩人になりたいならあまり詩の本は読まないこと　そして「雲雀」

さて、このちいさな本も、いよいよ、第三部に入りました。最後の部になったわけですが、ぼくはこの本をつくるとき、決して詩の入門書のようにはつくらない、読んでなんとなく楽しい本にしたいとおもったのです。なぜかといいますと、詩の入門書なんかほとんど役にたたないと信じているのです。

もしも、詩についていろいろ研究したいなら、それはそういう本もありますし、必要でしょう。しかし、表現のしかたとか、技巧についていろんなことをおぼえるのは、かえって害があるとぼくにはおもえます。

ぼくは、ある詩の教室で少し講義したことがありますが、四十点ぐらいの詩をかく生徒を五十点ぐらいの詩をかくひとにすることは、さしてむずかしいことではありません。だんだんとかたちのととのった詩をかくようになります。でも、お料理の講習会なら、それで充分ですが、詩のような芸術の世界になると、それではなんにもなりはしないので、やはり九十点以上のものがたまにでもかけなくては、零点とおなじなのです。

ぼくは講義はやめさしてもらいましたし、一生、入門書みたいなものはかくまいとおもったのです。本当にいい入門書があれば、ぼくも読みたいのですが、なるべくなら知らないほうがいい。

詩人になりたいなら、あんまり詩の本なんか読まないほうがいい。

詩の理論なんかこねまわさないほうがいい。

もっと別の世界のこと、

たとえば音楽とか、

たとえばお料理とか、

たとえばスポーツとか、

そういうことに触発されて心はおどるわけで、恋する時、ひとはみんな詩人になるというのは、恋の時の情熱が心の火を燃やすために、詩神のささやきを聴くことができるわけで、それならば、いちばんたいせつなことは激情であって、決して詩のつくり方について勉強することではない。

でも、なお詩について深く学びたい方は、それは学究のひとですから、このへんでお別れということになります。

最後までぼくとつきあっていこうという殊勝なひと、あるいはぼくとおなじようにさしたる才能もないひとは、やはりこの人生の中で、この一冊の本も微笑しながら読もうとするひとです。そして、その精神のやわらかさこそが、何かをぼくらに与えます。

実は、ぼくは何冊かの入門書をちょっと読んでみましたが、なるほどもっともだとおもっただけで、少しも詩は上手にならなかったのです。

詩の添削というのがあります。ぼくらは作品をかいていて、いいのか悪いのかよくわからなくなるときがあります。それを誰かにみてもらって批評してもらいたいという気分になりますが、直してもらっても、お習字のけいこのようにはいかないのです。

むしろ、どこか悪くなってしまう場合が多い。なにかしら、最初の感動のようなものがどこかへ消えてしまいます。添削するなら、むしろ削り方を教えるべきだとおもいますね。無駄な言葉を省略したほうがいい。

一番はじめには、自分のおもったとおり、長くかいていって、その中から、無駄な部分を削っていく、この削り方はたいせつです。

それよりもなお一番たいせつなのは、いったい何に感動するのかということで、そこが駄目な場合には手のつけようがありません。ある落語家が、

「私がもし優れているとすれば、他のひとよりも、何かを見たとき、それを自分の中に取りいれる才能があることだ」

といっていましたが、詩作にもそういうところがあって、おなじ花の散るところを眺めても、なんにも感じないひとと感じるひとがあるわけで、一種の連想ゲームになります。

たとえば百メートル競走のレースを見るとします。そこを映画に撮る場合、普通にうつせばニュース映画になる。一着何某君、何秒、それでおしまいですが、一番ビリのひとをうつせば、悲しみになり、二番をうつせば口惜しさになる。あるいはコーチ、応援団、補欠選手というふうに見ていくと、いくらでも視点はちがっていくわけで、ちいさな技巧よりも、どこに自分が焦点をあわせてかくのか、そして、それをよく見ているかというところがたいせつになります。

でも、大部分の人はニュース映画的に全体を見てしまうので、ちっとも面白くない結果になります。

たとえばスパイクにひっかかれるトラックの気持ち、その土のほうからうたったとすれば、い

くらか個性的になってきます。

　一篇のできあがった詩を直すのではなく、そのひとの精神について師は影響を与えなくてはいけないのですね。優れた師ならば、技術よりもその師をとりまく空気そのものが弟子に対して良い影響を与えます。

　また落語家の話になりますが、落語家の弟子は落語を勉強する時間は大学の落語研究会よりも短く、主として師匠の家のふき掃除、犬の散歩なんかしているうちに、どういうわけか毛穴から落語がしみこんでくる。

　詩もまたおなじでありますから、この奇妙な本は読むことによって、ひとつの詩的精神を波だたせようとこころみているのですが、どうですか、少しは波だつものがありましたか？　さて、この章の最後の詩は、……

雲雀　　伊東静雄

二三日《にさんにち》美しい晴天がつづいた
ひとしきり笑ひ声やさざめきが

麦畑の方からつたはつた
誇らしい収穫の時はをはつた
いま耕地はすつかり空しくなつて
ただ切株の列にかがんで
いかにも飢ゑた体つきの少年が一人
落ち穂を拾つてうごいてゐる

と急に鋭く鳴きしきつて
あわただしい一つの鳥影が
切株と少年を掠《かす》める　二度　三度
あつ　雲雀《ひばり》——少年はしばらく
その行方を見つめると
首にかけた袋をそつとあけて
中をのぞいてゐる

私も近づいていつて
袋の底にきつと僅かな麦とともにある
雲雀の卵を――あゝあの天上の鳥が
あはれにも最も地上の危険に近く
巣に守つてゐたものを
手のひらにのせてみたいと思ふ
そして夏から後その鳥は
どこにゐるのだらうねと
少年と一緒にいろいろ雲雀のことを
話してみたく思ふ

浅き春に寄せて

立原 道造

今は　二月　たつたそれだけ

あたりには　もう春がきこえてゐる
だけれども　たつたそれだけ
昔むかしの　約束はもうのこらない

今は　二月　たつた一度だけ
夢のなかに　ささやいて　ひとはゐない
だけれども　たつた一度だけ
その人は　私のために　ほほゑんだ
さう！　花は　またひらくであらう
さうして鳥は　かはらずに啼いて
人びとは春の中に　笑みかはすであらう

今は　二月　雪の面《おも》につづいた
私の　みだれた足跡……それだけ
たつたそれだけ――私には……

2

ぼくの足がサイダーのんじゃったこと
そして、カミナリ見物が大好きな高田敏子さん

詩人の高田敏子さんと対談しましたが、高田さんは漫画家の塩田英二郎さんのお姉さんなので、昔からなんとなく親しい人のように感じていましたが、長時間お話しするのははじめてで、あらためて実に面白いお人柄なのでうれしくなった次第です。

詩誌「野火の会」の主宰者であり、多くのファンが「高田先生は素敵」とさわぐのも無理はないと感じたのです。

結局「書は人なり」「剣は人なり」であるとおなじく「詩もまた人なり」ということになるので、本当にいい詩や、童話をかきたいなら、まず作者自身が人間として完成していく、あるいはユニークな個性の持主であることのほうがたいせつということになります。

年少のひとの作品は人格もなにもなく、本人は未熟であるのに、いきなり詩精神の中心部に命中してぼくらを驚愕《きょうがく》させることがたびたびありますが、これは生まれながらの感性もありますが、大部分は表現の言葉が拙劣で未熟であるというところにもあります。この時高田さんもおっしゃっていたのですが、男の子が坐っていてシビレがきれてしまった。

「ママ
ぼくの足
サイダー
のんじゃったよ」

足がサイダーのむとは実に面白い表現で、なるほど、あのサイダーの泡がジュンジュンとはじけていくのは、シビレが、ジーンとするあの感じによく似ていて、「うーん、うまい」とおもうのですが、子供のほうは要するに「しびれる」という言葉を知らなかっただけなのです。

ところが、これがだんだん年長になってくると「詩的表現」というのをおぼえてしまう。特に読書の好きな子供は、はじめて出会う言葉が新鮮で、使ってみたくてしかたがない。六年生ぐらいの子供が「ぼくの人生は孤独と絶望にみちている」などとやりだすので、読む人は閉口するのです。

それならば大人はどうすればいいのかといえば、教養あくまでも高く、気はやさしくて力持ち、それをすっかりおしかくして、能ある鷹は爪をかくす、表現はあくまでもやさしく、子供のように純粋に詩をかけばいいのです。つまり、「ぼくの足サイダーのんじゃったよ」というのを大人が感覚的にかけばいいのです。

だから、むつかしいんだよね。

もうやめようという感じです。

やさしくかくから難かしいので、六年生の子供がはじめておぼえた言葉を使ってかくような詩のほうがやさしいんですよ。

本当の詩人は、だから少しおかしいところがあります。心が大人になりきれないために普通の人から見るとちょっとこっけいです。

高田敏子さんはカミナリが大好きで（というのもヘンですが）カミナリが鳴りだすと「ヒャア、カミナリだ」というので物干しへかけあがる、雑巾もってかけあがる。沛然《はいぜん》とした夕立ちの中、紫色の電光がきらめくのを見るのは、背筋がふるえるほど美しいといいます。

では、なぜ、雑巾をもっていくのかというと、せっかく物干しへかけあがるのに、カミナリ見物だけじゃもったいない、ついでに物干しの掃除しながら見るのよ、とおっしゃるのですから、唖然としてまた厳粛な気持ちになります。まさにこれこそは生活派の詩人が身をもって詩的精神の真髄を極めている姿かと感動します。

この時、敏子さんのお母さんが、

「トコちゃん、カミナリ見るなら、指輪ははずしておゆきよ」

とそのたびに大声で注意なさるのだそうですから、ますますそのままで童話みたいになります。

ぼくがいいたいのは、この本の読者の中のお母さま、また、学校の先生、あなたの生活や、人生の生き方がまず面白くて愉快であるほうが先決ということです。なるほどこの世には暗黒面もあります。ぼくらはそれを無視できない。時として、ぼくらは意識せずにその渦中にまきこまれることもある。

でも、ぼくらの生きているあいだはとても短い。この短い生命のつかのまは、なるべくうれしそうに、なぐさめあいながら暮らしたい。ぼくらの周囲に美しい花を植えたいということとおんなじ心からで、あんまり大それた望みはありません。

紅の色

高田　敏子

やさしさとは
ほうれん草の根元の
あの紅の色のようなものだと
ある詩人がいった

その言葉をきいた日
私はほうれん草の一束を求めて帰り
根元の紅色をていねいに洗った

二月の水は冷めたい
冷めたい痛さに指をひたしながら
私のやさしさは
ひとりの時間のなかをさまよっていた

野狐

蔵原伸二郎

さびれた白い村道を歩きながら
旅人はつぶやいた
「生きながら有限から抜け出そうなんてそれはとうてい不可能なことだ」
すると、旅人の頭の中の
一匹の狐が答えた
「それはあなたが消滅して私になれば、わけもないことです」
そこで旅人は狐になった
道ばたの紅いスカンポの根をかじり
谷川におりて青いカジカを追いまわした
今はただ
一匹のやせ狐が
どこへゆくかもわからない
黄昏の村道を歩いている

3

現在の社会は一割まちがっていても九割は正当と信じて自己反省することそして「空の羊」

ぼくは今、メルヘンの連載が五本ありますが、これは好んでやっているわけではなく、「もう増えませんように」と心の中で祈っています。

なぜかというと一本かくたびに、あと果たしてかけるのかしらという不安なおもいにかられます。おまけに生活の点からいえば、ぼくの収入の金額の中で、メルヘンによって得られる収入は、ほとんどゼロのほうに近いのだからふしぎです。連載五本も、もっていれば、生活の基礎ぐらいは成り立つはずなのに、十日分のラーメン代ぐらいにしかならないのは奇怪です。だからぼくはメルヘン作家になりたいなどというひとは大丈夫かなあと、ひとごとながら心配します。

それでは何故かくのかというと、好きだからですよ。昔、メルヘンを一ヵ月に一本連載していたことがあって、とても短くて原稿用紙三枚ぐらいのものでしたが、毎月何をかくのか楽しみで、半年ぐらい先まで材料をそろえてゆっくりかきました。

あんなふうにかきたいとおもいますね。

今は、机の前に坐ってエイヤアーッと歯みがきみたいにしぼりだすのです。これで果たしていい作品ができるかどうか心ぼそいのですが、ぼくはプロだから、どんなに悪条件でもかかねばなりません。

ところでメルヘンをかくということですが、別にきまったかきかたがあるわけじゃなし、好きなスタイル、文体で、筆のはしるのにまかせればいいのですが、世の中にはお節介のひとも多いから、「オホン、エヘン、そもそも児童文学とは……」等と解説したりするので、ぼくのように無学の人物はあわてます。

私見をいえば物語をつくっていく時、一番重大なのはキャラクターの設定です。

たとえば犬が主人公だとすれば、それはどんなふうにユニークな性格をもっているかということです。

文豪・夏目漱石先生の『坊っちゃん』でいえば、坊っちゃんという先生の個性が大きく作品を左右するわけです。

そして、大なり小なり、それは作者自身の個性と重なりあってくるのですよ。だから、作者自身がユニークな個性を持つということが一番たいせつという、妙な結論になります。この世界にいくぶん奇人変人風のひとが多いのはそのせいでありましょう。

それではぼくはどうかといえば、もうこれが実に平々凡々なのですが、現実の社会にいくらか絶望しているふうがありまして、それが空想の世界、メルヘンの世界へあこがれさせるようです。ただ強烈な個性というのは不足しておりますから、これがぼくをして一級の作者にしない原因とおもうのですが、凡人には凡人の役割があり、この本の中にひとつぶの真珠を探すことを使命とおもっています。

詩にしても絵にしてもメルヘンにしてもそうですが、いかにうまくかくか、いかにうまくまとめるかということに苦労するのはむしろまちがっているのです。

自分の個性はいったい何を望むのか。

それを決定するほうがより重大です。

まあ、そのようにぼくはおもっています。

ただいずれにしても我々はサービス業の一種なのでして、読者の心に慰安をあたえねばならぬ。

ああ、この本読んで本当によかった、ありがとう、という気持ちを読者に感じてもらうことが必要で、その他人のよろこびが即自分のよろこびとなります。

本が売れる、利益があがるということをさして目指していないのに、実売数が少ないとがっかりし、売れ行きを気にするのは、どんなに自分で自信もって本をつくっても、買ってくれないということは、つまりよろこぶ人が少ないということになり、たいへんに失望するのです。

この世界にはいまだに「非常に良心的な編集だから売れないのは当然で、売れなくても赤字覚悟で児童文化のために尽力しよう」という気風が残っていまして、作者が食うや食わずで貧苦のどん底にあえいでいると、「さすがア!」と感動したりしますが、非常に良心的なら売れるのが当然で、立派な作者は恵まれた生活をするべきです。

なぜなら読者は作者に感謝するのですから、その感謝の心を表現するのに、若干のお金を支出しても決して惜しいとはおもわないでしょう。たとえば非常においしいお菓子を買って食べた時、あるいは病気でお薬を買った時、まったくお金をはらわないとすれば、そのほうが気持ちが悪いではありませんか。

それが正当な社会というもので、ぼくは現在の社会は一割まちがっているところがあっても、九割は正当とおもうから、良心的なら売れるはずと確信しているのです。

そのとおりにいかないのは、まだぼくの本のつくり方、選別眼にまちがいがある、自分が駄目なのだと強く自己反省する次第です。

空の羊　　西條　八十

——A Mlle. C. Sagara

黄金《きん》の小鈴《こすず》を
頸《くび》にさげ
唖《おし》の羊は
群れ過ぐる。

昨日《きのう》も今日《けふ》も
夕月の
さむきひかりの
丘《おか》の上。

ありし日
君とうち仰ぎ
青き花のみ
咲きみちし。

空はろばろと
わかれては
悲しき姿《かげ》の
ゆきかよふ。

ちぎれて消ゆる
雲なれば
また逢《あ》ふ牧《まき》は
知らねども、

こよひも寂し
鈴鳴らし
空の羊ぞ
群れ過ぐる。

4

子供はアンデルセンだってメじゃないこと
赤ちゃん言葉なんか使うなということ
そして「ああ君を知る人は」

ぼくもこの世界ではだいぶ年数がたってしまいましたから、おつきあいしていたひとも段々それにつれて年をとっていきます。

ぼくの家へはじめていらした頃には、かわいらしい少女だったのに、もう今は立派な奥さまで、お子さまが二人あったりします。

結婚してしばらくはどこにいったのかわかりませんが、子供が幼稚園へあがる頃になると、ぼくの絵本を買うことがあり、そのついでにまた突然、拙宅へいらっしゃる、というようなこともあります。

先日はこういう奥さま達が五人ぐらい一緒になり、我家はまさに児童遊園地のようになり、子供たちはひっくりかえってコブをつくったり、泣いたり笑ったり大騒ぎになりました。ぼくはこの大騒ぎしている子供たちのために何かかいているのかとおもうと、もうそれだけでぐったりと疲れましたね。

ぼくらは頭の中で子供の理想像をつくり、その子供たちのために、美しい詩や、絵や、お話をつくろうとする。しかし、現実の子供たちはエネルギッシュで、バイタリティのかたまりだから、興味のないものはいっさい受けつけないし、しかもおそろしくあきっぽく、五分とは、じっとしていられないのです。

大人ならがまんする。

世界的名作をもし自分が理解できないとすれば、自分のほうの頭が悪いのではないかとおそれて、本当は面白くなくても「感動しましたわ」などと、はだかの王さまみたいなことをいいます。

しかしながら、子供には世界的巨匠もへったくれもないので、先日ぼくはある遊園地で散見したのだけれど、「アンデルセン」の劇のはじまる前に五十人いた子供たちは、終る時には三人になっていたのです。入場無料というせいもあるが、アンデルセンが泣きだしそうな感じなのです。

これはしかし原作の罪ではなくて、全体にどうも退屈で芸術っぽいのです。面白くない芸術というのは子供は受けいれないのだなあ。

子供は実に残酷な批評家です。

それなのに、単純で、子供だましにひっかかることもあるから情無い。

最高級と最低級がいっしょになり、知識人と野蛮人が同居しているようなぐあいです。しかも感覚的には普通の大人より優れていて、批評は容赦がない。

だから、児童文学を目指すひとが、児童よりも大人のほうへ眼がいってしまい、子供ばなれ現象をおこして、大人のための児童文学みたいなことになるのは、実はそのほうがやさしいのですよ。

ところが児童に密着しすぎると、今度は子供の低い部分にひきずられて、どんどん自分自身も「赤ちゃん言葉」みたいになってしまって、だらしなくなってしまいます。中にはふてくされて、「ぼくは子供にわかってもらおうなんてまったくおもっていない。ぼくは自分の好きなものをかくので、子供が好こうと好くまいと知ったことではない」といっている勇ましい絵本作家もいますが、それはやっぱり逃避してるってことじゃないのですか。

この仕事は本当にいのちがけですよ。

時々ステージで話をすることもありますが、客席に子供が多い時は、身のひきしまるおもいがします。

でもね、この子供たちがまた大きくなって高校生ぐらいになって、またぼくの所へ帰ってくる。今度は恋の悩みをうちあけたりする。そして子供のときにぼくの童話をよく読んでいたことが、やはり強い印象になって残っているのを聞いた時、ぼくは実際、この仕事をえらんでよかったと思いますよ。

そりゃ疲れるけれど、疲れたって、ぼくの作品はちゃんと生きていて、決して子供の時だけじゃなく、お母さんになっても続いている。その時はうれしいですよ。もういつ死んでもいいという気分になります。

それじゃぼくは児童文学作家か、あるいは童話作家かというと、そのどっちでもないのだから、なんだかわけがわからなくなりますが、もともと子供のためとか、大人のためとか区別してないのです。

いいかげんなところで、あいまいな状態でやっていますから、子供の読者もいれば大人の読者もいて、まったくいりまじっています。三歳ぐらいから八十歳近くのひとまでいるのでおどろきます。

ああ君を知る人は

村山 槐多

ああ君を知る人は一月さきに
春を知る

君が眼は春の空
また御頬は桜花血の如《ごと》赤く
宝石は君が手を足を蔽《おほ》ひて
日光を華麗なる形に象《きざ》めり

また君を知る人は二月さきに
夏を知る
君見れば胸は焼かれて
火の国の入日の如赤くただれ
唯《ただ》狂ほしき暑気にむせ
とこしへに血眼《ちまなこ》の物狂ひなり

ああ君を知る人は三月さきにも
秋を知る
床《ゆか》しくも甘くさびしき御面かな

そが唇《くちびる》は朱に明き野山のけはひ
また御ひとみに秋の日のきららかなるを
そのままにつたへ給へり

また君を知る人は四月のまへに
冬を知る
君が無きときわれらが目すべて地に伏し
そこにある万物は光色なく
味もなくにほひも音も打たえてただわれら
ひたすらに君をまつ春の戻るを。

5

口惜しかったらけなすよりも自分でつくってみせること
そして、ぼくのやり方
そして「ぼくの道」と「ふるさと」

もうお話しすることはあんまりなくなったようです。

自分のことを話します。

何度もいいますが、ぼくは詩人ではありませんが詩のようなものはかいています。

ぼくが死んで五十年ぐらいたって、それらは全部消えてなくなってしまうか、あるいはその時になってはじめて詩として認められるか、そして詩人になれるとか、そういうことも、もしかしたらあるかもしれません。

ぼくにとっても、それをたしかめることがまったくできないのは残念ですが、詩の宿命というのはそういうものであって、生きているあいだにあんまりチヤホヤされて「私は詩人」などと自称するのはやはりいやらしいようです。

ところで、ぼくのかき方ですが、はじめのうちはやはり、おもいついた言葉をノートにかきとめておきました。

一節いい言葉ができると、あとは自然にできるので、浮かんできたときにあわててかいておくのです。でもあとでよみかえしてみるとめったに使えるものはありませんでした。

もうひとつは、ぼくは漫画家のほうが本職なので、先に絵をかいておいて、絵をみながら詩をこしらえていくというやり方もします。

これはわりあいにぼくふうのやり方ではないかとおもいますが、この方法でつくった詩は相当たくさんあります。

メルヘンを先にかいて、そのメルヘンを詩のかたちにしていったものもわりあいあります。これはぼくの作品集をお読みになれば、すぐわかります。

また、ぼくはどうも最初にかく時にきっちりとかくのが苦手で、古い封筒の裏とか、紙屑《くず》のはしっことか、マッチ箱の裏とか、そういうところへよくかきます。そこへ誰も読めないようなぐにゃぐにゃの字でなぐりがきしておいてから、清書します。

ぼくはあんまりやりませんが、岸田衿子《えりこ》さんは、詩ができると一週間ぐらいほったらかしておいて、冷静な心で読んでみて大丈夫ならはじめて、清書すると聞きましたが、たしかに自分は自作に対しては甘いところがあって、簡単に酔ってしまうので、第三者として他人の詩を批評するごとく自分の詩を批評してみることも必要でしょう。

中学生でも批評させれば、ほとんど正確な鋭い批評をしますからね。

つくるのはむつかしいのですが、けなすのはまったく簡単です。他人の作品をけなすことによって、なんとなく自分が優れたひとのように錯覚しているひともいますが、あんなことは誰でもできます。口惜しかったら、やはり自分でつくってみせなくてはなんにもなりません。

あんまり参考にもならなかったとおもいますが、この章では、ぼく自身のやり方について説明しました。あなたはどんなふうですか?

さて、この章の最後の詩です。

最後だから、ぼくも詩のかたちでひとこと。

ぼくの道　　やなせ たかし

荒れた砂丘を歩く
道は遠い

道に迷ったのかもしれない
不安をおさえてシャニムニ歩く
鉛筆の林
ケシゴムの丘
ペン先の森

日はくれかかって空はまっくら
それでもふしぎに心は楽しい
この道が好きだから
　　ぼくは歩いている
他になんにも方法がない
一足とびにあそこへいけない

ふるさと

室生　犀星

雪あたたかくとけにけり
しとしとしとと融《と》けゆけり
ひとりつつしみふかく
やはらかく
木の芽に息をふきかけり
もえよ
木の芽のうすみどり
もえよ
木の芽のうすみどり

あとがき

この本は一九七七年に講談社から出版されてその後絶版になっていた「詩とメルヘンの世界」を改題・改訂・補筆・再編。かまくら春秋社から刊行することになった。

昔書いた本が復刊されるのはうれしいような恥ずかしいような気分である。

人生というのはとても不思議なところがあり、詩人でもなく詩人になる気もなく、漫画家と絵本作家を職業としているぼくがなぜこんな本を出したのかヘンである。

この本を書いた当時、ぼくは「詩とメルヘン」という月刊誌の編集長をしていて（これもヘンですが）多くの投稿詩の選をしているうちに依頼されてこの本をつくった。

実は詩を読むのは好きだったのだが、教養不足のせいか現代詩が理解できず、自分の好きなわかり易い抒情詩だけの絵本形式の雑誌をサンリオから創刊した。思いがけずこの雑誌は好評で三十年間も編集長を勤めることになる。これが丁度アンパンマンの絵本をかきはじめた時と同じで、ぼくの人生はここでカタンと音をたてて変化してしまうのだ。

「詩とメルヘン」は経費節約のために、表紙デザイン・編集・カット・詩とイラストの選・ルポ・すべて自分でやったのでオーバーワークになり疲れた。

しかし思えばこのハードワークがよかった。一気にエンジン全開で疾走しないと仕事が間にあわなくなった。

やっとやなせたかしの世界というか、自分の作品の個性がくっきりと見えはじめた。

そしてアンパンマンに人気がではじめると同時進行で「詩とメルヘン」の仕事にも熱中することになる。

今読みかえしてみると訂正したい部分もあるし、時代の流れとしては別の詩にさしかえたいとも思うが、基本的にいって今でもぼくの詩に対する考え方は変っていない。

このままでいいのではないかと思った。だから改訂と補筆は必要最小限にとどめた。

詩にはパターンはない。むしろパターンにはまらない方がいい。

どうしても詩がかけないというひとに、それでは友だちに話すように普通のあなたの地方の方言で書いてみればと言ったことがある。

しばらくするとそのひとから便りがきた。

「ふしぎです。方言で書いたらスラスラと書けました」

傑作を書こうと考えすぎると書けなくなる。ごく気軽に自分の考えていることを書けばいいので、会話ができるひとなら誰でも書ける。

そしておそろしいことに五歳ぐらいの子どもの書いた詩が八十歳の巨匠の詩より面白かったりすることがある。

詩は詩人だけのものではない。喜怒哀楽の感情があれば誰でも詩人。あなたも詩人である。

下手も詩のうち、心にひびけばいい。

今またぼくは季刊誌の「詩とファンタジー」の責任編集をしている。「詩とメルヘン」の時のような激務はもう体力的に無理なのでほとんどかまくら春秋社のスタッフのお世話になっている。そして更に同社の伊藤玄二郎氏のすすめで忘れていたこの本を復刊することになった。

感謝すると同時にかまくら春秋社の今後の発展を祈りたい。

やなせ　たかし

プロフィール――やなせ　たかし

一九一九年、高知県生まれ。旧東京高等工芸（現千葉大）図案科を卒業。漫画家であると同時に童話画家であり、詩人であり、作家であり、その愛と詩情にあふれる世界は多くの読者を魅了している。著書に『愛する歌』他、レコード『手のひらを太陽に』他。現在は季刊誌『詩とファンタジー』の責任編集を行っている。

※本書に引用掲載している詩作品のうち、諸般の事情により著作権許諾の確認が取れなかったものが含まれています。本書をお読みになり、お気づきになられた著作権者のかたがいらっしゃいましたら、お手数ですが小社編集部までご連絡ください。

あなたも詩人
だれでも詩人になれる本

著　者　やなせ　たかし
発行者　伊藤玄二郎
発行所　かまくら春秋社
　　　　鎌倉市小町二—一四—七
　　　　電話〇四六七（二五）二八六四
印　刷　ケイアール

平成二一年二月　六日　第一刷
令和　七年八月一五日　第三刷

ISBN978-4-7740-0426-6 C0095
日本文藝家協会 95879